Los personajes y eventos que se presentan en este libro son ficticios. Cualquier similitud con personas reales, vivas o muertas, es una coincidencia y no algo intencionado por parte de los autores.
Igualmente, los lugares, locaciones, entidades, atracciones turísticas, ciudades o cualesquiera que aparecen en la historia, reales o no, son de referencia y forman parte del contenido ficticio, simplemente para ubicar la historia alrededor de contexto y no hay intención por parte del autor distinta a referenciar.

Primera Edición: Panamá, Julio 2023
Ilustraciones: Andys Montenegro.

ISBN: 9798398087260.

Relatos Aficionados

Andys Montenegro
Plinio González
Marisabel Salas

Contenido

Agradecimientos	i
Dragón Negro	1
Agradecimientos	11
Noveno Compañero	15
Xenonfobia	21
Herencia	27
Calles Rotas	33
Misa Roja	35
Última Oportunidad	51
El extraño caso MANS	65
¡Corre!	71
La Historia que se repite	75
Pacto Fraternal	77
Día de trabajo caótico	85
Verdugo	89

Agradecimientos

Gracias a Dios, a nuestras familias y especialmente a aquellos que nos escuchan y siguen en nuestro podcast, estos relatos son para ustedes.

mayradelmar29 11w

FELICIDADES.

maryoli.castillo 12w

Voy por capitulo 5👏

vianis22 4min

Me gusta se ven los colores frescos y armoniosos, letra clara y la imagen llama la atención 👌

Responder Enviar mensaje Ocultar Ver tradu

kmero_1310 22min

Llevo siguiéndolos desde hace un tiempo y es muy entretenido escucharlos😊

Responder Enviar mensaje Ocultar Ver trar

lindastwood 5min

Felicidades chicos 

Responder Enviar mensaje Ocultar Ver

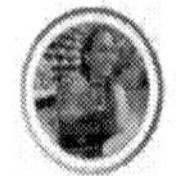

rose_g_autor 8s

Me encanta 

Responder Enviar mensaje Ver traducción

rosellagonzalez2 4w

2 likes Reply

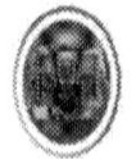

amilcargottiescritor 14w

 felicidades ! 

1 like Reply

amanecer.deletras 16s

Adorable, me encantan los tres. Éxitos

Responder Enviar mensaje Ver traducción

Dragón Negro

En las lejanas tierras de Draxia las tres razas dominantes llevan una guerra sin cuartel que por siglos ha mantenido a la humanidad sumergida en el más profundo temor. Por un lado, están los demonios elementales, simplemente emergen en cualquier lugar y causan cualquier cantidad de problemas. De acuerdo con la cantidad de energía negativa que han acumulado pueden aumentar su tamaño y poder, obviamente pueden también alimentarse de la energía negativa que otras razas emanan, como envidia, tristeza, malos deseos, cualquier sentimiento negativo es su alimento. Otra de las razas involucradas desde el inicio del conflicto es la raza de los seres mágicos, son humanoides que tienen control mágico sobre objetos inanimados y pueden invocar también a gigantescas bestias que están bajo su dominio. Los humanos le temen por ser prácticamente unas deidades. También tienen la capacidad de teletransportarse a cualquier lugar manipulando el espacio tiempo. Su poder más aterrador es la capacidad de robar energía vital de otros seres vivos para magnificar sus poderes. Habitualmente andan en grupos de dos, pero se sabe que cuando traman algo, sus grupos pueden crecer hasta 10 integrantes, nunca se ha visto a más de 10 juntos.

Y por último, pero no menos poderosos están los dragones, grandes bestias míticas con la capacidad de volar y arrojar cuatro tipos de fuego desde su boca:

-Fuego Verde: Capaz de reanimar y hasta resucitar seres vivos. Se dice que el fuego verde tiene la capacidad de volver los objetos inanimados a su estado anterior y los seres vivos podrían ser revividos por este fuego.

-Fuego Rojo: Es el fuego que también manipula la humanidad, consume combustible y oxígeno a partir de una chispa.

-Fuego Azul: Con temperaturas superiores a los 3000K. También tiene el efecto de suprimir la magia y los poderes elementales.

-Fuego Negro: Este fuego consumía todo a su paso, sin oxígeno seguirá ardiendo hasta consumir todo su combustible.

El poder más llamativo de los dragones era la capacidad de convertirse en una espada prácticamente indestructible. No se sabe a ciencia cierta si los dragones obtuvieron esta habilidad para ayudar a la raza humana, puesto que son sus únicos defensores, las otras dos razas acaban con todo a su paso y ven a los humanos como algo poco menos que basura.

El dragón más temido por todos es el dragón negro, solo hay uno de ese color y sus enormes alas, sus cuernos cortos y sus ojos rojos son inconfundibles. Habita en la zona más al norte de las tierras de Draxia y su cueva está en el centro de una enorme montaña que esta al final de un hermoso valle. Un día cualquiera una humana llamada Crysta llegó hasta la cueva del dragón buscando su ayuda.

— *mi pueblo de la malvada bruja de lago azul* —decía la joven.

Crsyta que era muy hermosa, de piel muy blanca, atractiva figura y 1.65 metros de estatura. Su pelo era negro como la noche y lacio todos la consideraban la mujer más bella de la tierra.

El dragón negro vió a Crysta acampar fuera de su cueva, pero no hizo nada, pensó que al cabo de dos días se retiraría, a pesar de que el valle era muy hermoso, tenía una terrible desventaja nocturna, la temperatura de noche bajaba hasta 50 grados Kelvin bajo 0, una locura, ningún ser diferente a las 3 razas dominantes podría sobrevivir a semejante temperatura. Normalmente acampaban algunos intrépidos en aquel valle, pero por esa condición nadie duraba más de dos días por lo que el gran dragon negro salió de su cueva y voló a otras tierras, tenía pensado visitar a otros dragones y volvió una semana después. Para ese momento ya ni se acordaba que aquella bella mujer le había estado rezando a las afueras de cueva, pero para su sorpresa al volver, Crysta aún estaba allí reiterando el mismo verso que repetía cuando él voló hacía una semana.

—*Gran Dragón Negro, pido tu ayuda para liberar a mi pueblo de la malvada bruja de lago azul*—

Visiblemente afectada por las temperaturas, Crysta se mantenía en pie frente a la cueva por lo que el *Gran Dragon Negro* que descendía por la montaña decidió *"hablar"* con ella. En realidad los dragones se comunican telepáticamente con los humanos.

—Tú que eres de las razas más débiles, te atreves a venir hasta mi cueva y sobreviviste una semana en este valle, que quieres de mí.— le comunicó él.

—Gran Dragón Negro, quiero que me prestes tu poder para poder derrotar a la bruja del lago azul

que tiene cautivo a mi pueblo.
—¿Por qué haría eso? No le debo nada a tu pueblo.
—Te pido que me ayudes para poder acabar con la bruja maldita, la bruja que mató al otro dragón negro.

Era cierto, que hace algunos cientos de años, dos dragones negros se enfrentaron a la bruja del lago azul y a la bruja blanca del norte, un dragón y una bruja murieron ese día. Desde entonces el gran dragón negro y la bruja del lago azul son enemigos a muerte, pero esa historia no era conocida por muchos.
—¿Cómo sabes eso?
—Mi padre me la contó desde que era niña. La gran batalla entre los dragones y las brujas que creó este maldito valle donde el día es hermoso y la noche es el infierno.
—¿Quién es tu padre, niña?
—Es el rey Silo —dijo Crysta en relación con su padre, que era conocido por ser un rey justo, pero un poco avaro y obsesionado con la vida eterna.
—Entonces tu padre cuenta historia de los dragones negros, pero aún así no veo que podría ganar yo para ayudarte. —Te daré esto —dijo Crysta que sacó de una pequeña caja un pedazo Cucus, una fruta mitológica que era muy rara y permitía a los dragones procrear. Si dos dragones consumen esta fruta y luego copulaban, era seguro que podrían engendrar un nuevo dragón, de lo contrario nunca llegan a engendrar. Tanto los demonios elementales como los seres mágicos habían acabado con la mayoría de las frutas, eran muy escasas y raras, tratando de aniquilar la raza de los dragones. El dragón negro quedó interesado, la oferta del Cucus y la oportunidad de acabar con la bruja del lago azul le

parecía buen negocio por lo que terminó aceptando la propuesta.

Viajaron 3 días y dos noches hasta llegar a la ciudadela de Crow, la ciudad humana más grande de aquel entonces. Allí el Rey Bordac cedió 1000 hombres a Crysta para ir a la batalla. El gran dragón rojo Amatista no se unió a la batalla, aunque dicen que sobrevoló por horas junto al dragón negro. Un par de días después llegaron al gran bosque verde, los dominios de los mumuas. El Shamman Leocondo líder de este pueblo aportó 200 hombres y el dragón verde Lican ignoró por completo a la tropa y al dragón negro, este dragón aborrecía las guerras.Salieron del bosque rumbo a las tierras heladas de Bathu, donde el gran dragón azul, el más grande de todos los esperaba con la intención de unirse a la batalla, sin embargo, la reina Ilka le rogó a Froz el dragón azul mantenerse en la ciudad por los rumores de que se podían atacar y esos rumores se volvieron realidad, porque el demonio de fuego Sacro atacó ese día a la gran fortaleza helada. Froz se quedó para librar esa lucha y la reina Ilka aportó 500 tropas de su milenario ejército mientras con su fiel dragón se enfrentaban a aquel demonio. Crysta y el Dragón Negro con su ejército siguieron su marcha hacia las tierras de la bruja del lago azul.

Una semana de camino, hasta las tierras controladas por los seres mágicos. Ningún humano o dragón visitaban estas tierras, incluso los demonios tenían sus reservas de ir a este lado de Draxia, paradójicamente, siendo las tierras más temidas, también eran las tierras más hermosas, no estaba claro si era por la magia de las deidades que habitaban en estos lugares, pero los colores se veían más vivos en estas tierras que en cualquier otro lugar.

Llegaron al lago azul, una paz infinita reinaba en aquel lugar, el dragón negro levantó vuelo, conociendo a su rival sabía que ella ya estaba consciente de su presencia, por lo que se elevó unos 60 metros y luego bajó violentamente y penetró las imperturbables aguas del lago con tanta violencia que levanto una gran cantidad de agua que cayó sobre el ejército que lo estaba acompañando, justo en ese momento el cielo se nubló por completo, era la señal de que había llegado el momento de la batalla. La bruja emergió del fondo del lago mientras repelía un ataque de fuego rojo, que el dragón negro disparó bajo el agua. Aquella bruja utilizó su magia y abrió una franja dimensional en el cielo, de ella cayó aún con vida todo el pueblo de Crysta, que dentro de unos calabozos se precipitaron a tierra.

La bruja lanzó otro hechizo sobre sus prisioneros convirtiéndolos en marionetas de carne, hacían su voluntad y solo su voluntad. Los dotó de armas con su magia y la guerra empezó. El pueblo que Crysta fue a salvar eran los guerreros a los que el ejército que ella reclutó tenía que enfrentar. Crysta tomó un arcó y disparó flechas envenenadas con sangre de dragón, estas flechas tenían la capacidad de afectar y dañar a los seres mágicos y también a los demonios, era muy difícil obtener esta sangre. La flecha venenosa sobrevoló hasta donde estaba la bruja que se protegió con una cúpula mágica en la cual estaba encerrado el rey Silo, el padre de Crysta. El dragón aprovechó la oportunidad para tratar de rasgar a la bruja que se protegió con su magia, pero liberó la cúpula donde tenía encerrado al rey que fue atrapado por su hija y en ese momento el rey le dijo:

—La bruja tiene una pócima en su fortaleza en el fondo del lago, esa pócima es la esencia vital de nuestro pueblo, debemos liberarlos.

La batalla campal continuaba, había una gran cantidad de bajas de ambos bandos mientras que el dragón y la bruja se atacaban con todas sus fuerzas. Al principio, la bruja atrapó al dragón con una red mágica que envuelve sus alas y lo derribó en el cielo. La bruja trató de finiquitar el duelo lanzándole una enorme lanza de piedra que por poco impacta al dragón, pero él se liberó en el último momento y atacó a la bruja con fuego negro, pero ella lo esquivó. El problema del fuego negro era que el dragón escupía sangre luego de lanzarlo y esa sangre cayó sobre el campo de batalla. Está demás decir que esta sangre era extremadamente venenosa y el ejército de Crysta se llevó la peor parte. Por suerte, los Mumuas tenían un antídoto que dispersaron entre los heridos para lograr contener los daños. El Dragón siguió atacando a la bruja que solo se defendía. En ese momento, Crysta y su padre estaban dentro de la cúpula mágica en el fondo del lago, abriendo el contenedor donde se encontraba la pócima con la esencia del pueblo Crysta. Los Gronk serían liberados al momento de que el contenedor fuera vaciado. El rey tomó el contenido en sus manos, pero la bruja se percató de esto y lanzó una lanza mágica que absorbería la energía vital del rey que al ver que sería atravesado usó a su hija como escudo. La bruja absorbió la energía vital de Crysta matándola al instante. El Dragón negro quedó impactado por la traición del rey Silo, sacrifico a su hija y a su pueblo por su beneficio ya que lo siguiente que hizo fue beber el contenido de la pócima, todo el pueblo de Gronk que eran las marionetas de la bruja del lago azul se desplomaron como bolsas de carne, su esencia absorbida por Silo les quitó definitivamente la vida.

El dragón enojado atacó y logró devorar el brazo izquierdo de la bruja que también estaba distraída por los hechos. Rápidamente la bruja se envolvió en magia y usó todo lo que le restaba de energía para lanzar una maldición, todas las aguas que habían sido expulsadas del lago volvían a su lugar y una gran barrera mágica estaba encerrando a todo el ejército dentro del lago, junto con el rey y el cuerpo sin vida de Crysta. El dragón lanzó fuego negro sobre toda la barrera atravesó nuevamente el lago para devorar al rey Silo que se envolvió en hielo ya que, el demonio elemental Cignus, estaba aliado con él.

El dragón envolvió a Crysta en fuego verde y en fuego azul preservando su cuerpo hasta el momento que lograra devolver su energía vital robada por la bruja del lago azu, la arrojó al fondo del lago. Luego emergió para lanzar fuego verde sobre el ejército que lo acompañaba y finalmente comenzó a transformarse en una enorme espada negra. La bruja terminó su maldición y recitó:

—*Por 1000 años no podré usar magia, por 1000 años este lago estará sellado y por 1000 años tu Jaken Black no podrás convertirte en dragón, por 1000 años.*—

Mientras Cignus transportó al rey Silo hasta las tierras altas, al palacio del pueblo de Gronk. Allí el rey Silo le entregó la joya oscura, una perla negra que la bruja del lago azul guardaba en el fondo de su fortaleza y que él había robado, por eso la bruja capturó a todo su pueblo. El demonio pagó al rey con lo acordado, aliento demoníaco que le permitiría mantener una longevidad eterna y manipular el hielo. El demonio había manipulado al rey Silo que estaba obsesionado con la vida eterna, para que sacrificara a todo su pueblo a cambio del poder del hielo y para vivir por siempre, pero él no sabía que había sido engañado, lo que le permitiría vivir más tiempo era la esencia de su pueblo que absorbió de la poción de la bruja.

El rey pidió un último favor al demonio traer a todo su pueblo y congelar sus cadáveres en su palacio incluyendo el de su hija. El demonio procedió y el hielo empezó a envolver al pueblo Gronk que estaba fuera del lago. El Dragón que se había convertido en una gran espada se percató de esto y consciente de la maldición que lanzó la bruja, se convirtió en una mujer, en una copia exacta de Crysta con el objetivo de ser absorbido por el poder del demonio. Así fue, el gran dragón negro convertido en mujer quedó congelado junto al pueblo de Gronk en el palacio de Silo por los próximos 1000 años.

Agradecimientos

A las 06:00 pm, se avecinaba una noche cálida en la ciudad, justo en el P.H. Atlántico, piso 4, en donde vivía el joven Alejandro Escobar y su familia: su madre Doña Carmela, su hermana gemela Rosalba y su tía Leticia.

Aquel día, se observaba un atardecer de revista, colorido y arrebatadamente bonito. Alejandro como de costumbre salió a pasear a sus mascotas, normalmente le dan dos vueltas a la manzana, cuando regresaba a su piso, se encontró con un joven en el elevador, por lo general él siempre saluda a sus vecinos.

— Buenas Tardes.

— Hola, buenas tardes, ¿vives aquí?

—¿Disculpa? — lo miró asombrado Alejandro.

—¿Vives aquí?

—Sí, mucho gusto Alejandro.

Mucho gusto. Es bueno saber que hay más gente joven en el edificio, un día tomamos un café.

— Ok. — contestó Alejandro, sin mirarlo. El elevador se detuvo en su piso y Alejandro salió de prisa ya que el vecino le parecía extraño.

La noche transcurría normal, Doña Carmela como de costumbre renegaba acerca de la limpieza de la casa: *"ttengo que hacer todo sola"*, *"estoy cansada"*, *"no sé qué van a hacer cuando me muera"*-

Los gemelos se encerraron en su respectivo cuarto a jugar con su laptop. Cuando doña Carmela terminó de despotricar, observó que Leticia se encontraba sentada en el sofá con sus audífonos a prueba de sonidos externos.

Cuando ya casi todos se disponían a dormir, ya que, al día siguiente, les esperaba un día maratónico, pues debían asistir al funeral de un familiar y no les agradaba ese tipo de eventos desafortunados.

A las 10:00 de la noche, los gemelos se percataron de que empezó a sonar el timbre del apartamento en innumerables ocasiones, los perros empezaron a ladrar, Alejandro se asomó por la mirilla y se apreciaba un hombre con suéter a rayas, jeans y gorra frente a la puerta, Rosalba preguntó:

- *¿Quién es?, - ¿Se equivocó de apartamento?*

Alejandro dejó de observar por la ventanilla de la puerta, miró atónito a Rosalba y gritó: ¡Tía Leti!, ven rápido. Rosalba asustada empujó a Alejandro, ella miró por la mirilla y no vió a nadie.

¡Alejandro, no hay nadie!, ¿qué te quedaste mirando?

Si estaba ahí, ¿no lo ves? – respondió Alejandro.

Leticia no había escuchado nada por tener sus auriculares, así que Alejandro fue al sillón donde se encontraba y se le tiró encima.

- ¿Qué sucede Alejandro?, dijo estreada su tía Letti.

-Había una persona afuera, tocando el timbre, se parecía a..., no olvídalo, pero me asustó.

En realidad, tocaron el timbre, pero yo no vi a nadie, dijo Rosalba. Leticia sin emitir ninguna palabra se fue donde la señora Carmela y ésta ya estaba durmiendo, pensó que lo mejor era encargarse ella y llamar a la seguridad del PH.

Muy buenas noches, mi nombre es Leticia del apartamento 4-D, hace unos minutos un hombre que no conocemos ha tocado el timbre y me causa incertidumbre pensar que puede ser un ladrón, ¿puede venir a ojear que todo esté bien?
Claro que sí señorita, en el elevador no hay nadie, voy a subir por las escaleras, confirmó el guardia de seguridad.
Llegó el guardia, pero no encontró nada.
Señorita, voy a inspeccionar las escaleras, cierre bien la puerta y si ocurre algo más, no dude en llamar. –confirmó el guardia de seguridad.
Tía, ¿podemos dormir contigo? – replicaron juntos Rosalba y Alejandro.
-No sean miedosos, voy a pensarlo, pero primero me tienen que acompañar al supermercado, contestó Leticia.

11:00 pm

-Buenas Noches.
El corazón de Alejandro saltó y sus músculos de los brazos se contrajeron, se dio la vuelta:
-Buenas Noches, contestó. Siguió acomodando el super, pero esta vez estresado y con mucha ansiedad.
-¿Necesitas ayuda?, puedo ayudarte.
-No, no hace falta su ayuda señor, gritó Alejandro a aquel ser, que le espantaba con solo mirarlo a los ojos, ya que no se quedaban quietos.
-Bueno, no te enojes. Aquí nadie agradece nada y se golpeó la cabeza. Se alejó caminando y gritando: *"Pronto me pedirán un favor"*.
En ese momento Alejandro solo lo observó alejarse.
Tía Letty, era él. -Era él, vino a ayudarme, dijo temblando Alejandro.

-No pude ver a nadie, lo siento -dijo ella. - Pero bueno, ya estoy aquí, vamos a subir.

Cuando ya todos estaban acostados, se escuchó caer algo en la cocina, pero solo se dio cuenta Rosalba y ella no se atrevió a ir a ver qué era lo que pasaba, solo se arropó de los pies a la cabeza y siguió durmiendo.

Alejandro tenía la manía de levantarse en la noche e ir al baño, era más bien una rutina, se levantó y observó una silueta de una persona al lado de su cama, se sentó de golpe y cerró los ojos, apretando fuerte los párpados, pensando en que era un sueño.

-Vine a preguntarte: *¿Por qué no me abriste la puerta?*

Noveno Compañero

Miré el timón y salí de la carretera principal con la costumbre propia de quienes llevan muchos años recorriendo la misma ruta. Estacioné el vehículo oficial a unos veinte metros del parque, «no quería que Edgar lo viera». Yo estaba acostumbrada, pero para un niño, aquello siempre representaba una desagradable impresión, por lo menos la primera vez. Sonreí al ver que no había nadie cerca. No sé por qué me preocupé, hace mucho que nadie prestaba atención a esas cosas con las que llevaba diecisiete años trabajando.

La gente perdió el interés en ellos muy rápido, por supuesto que se volvieron puntos turísticos al principio, pero luego nadie más se interesó en ellos. Nadie, excepto la teniente Melanie Cornejo. Mi jefa, y la encargada del departamento de seguridad estatal, adscrito al ministerio de la presidencia. Todavía recuerdo, con cierta ilusión, lo que me dijo hace diecisiete años cuando nos conocimos: «Elvira, este trabajo cambiará tu vida, te lo puedo asegurar».

Supongo que la estricta Melanie Cornejo compartía una línea de pensamiento muy similar a la mía. En un principio ella también debió pensar en esto como el gran evento que cambiaría por completo su carrera. No puedo culparla. Yo fui igual de estúpida que ella, seguí los mismos pasos de mi madre y es muy posible que la teniente hiciera justo lo mismo. Las mujeres somos así. Hacemos lo mismo que las demás, y luego, cuando obtenemos resultados idénticos nos quejamos. ¿Por qué insistimos tanto en tomar las mismas decisiones de siempre, esperando resultados diferentes? Es cierto que este trabajo cambió mi vida, tal como lo dijo la teniente, pero no estoy segura de que el cambio fuera para mejor. A menudo me levanto pensando en todas las otras posibilidades que dejé atrás. A veces incluso pienso en la maternidad como la gran causante de la insatisfacción en mi vida. Me hace sentir mal verlo de esa forma, pero llega un momento en el que no puedo hacer nada, excepto admitirlo. ¿Qué habría sido de mí si no hubiera elegido ser madre? Esta profesión ya es muy compleja para una mujer, si a eso añadimos la dificultad extra de ser madre, bueno…, supongo que ya no hay forma de echarse para atrás.

—¿Mamá? —Su tierna voz me liberó del molesto letargo en el que me hundieron mis recuerdos—. Prometiste que me llevarías a ver el desfile.

«Claro, el maldito desfile. Soy madre, se supone que debo comportarme como tal».

—No lo he olvidado, gruñón —advertí, al notar su carita molesta y sus cejas rubias fruncidas—. Mami tiene que hablar algo importante con una amiga, pero vamos a terminar rápido y verás que no nos perderemos nada del desfile.

—Pero estás usando el uniforme —reclamó— papá dice que cuando vas a trabajar, todo lo demás deja de ser importante.

—¡¿Y qué sabe él acerca de las cosas verdaderamente importantes?! —Antes de darme cuenta, ya estaba gritando otra vez. Edgar cumpliría nueve años la próxima semana, pero la costumbre lo llevó a habituarse a mis cambios de humor, en parte, gracias a los comentarios de su padre—. No fue lo que quise decir. Lo lamento. —Mis disculpas fueron sinceras, aun así, él optó por torcer la boca y mirar en otra dirección.

—Siempre es lo mismo contigo —recalcó sin mirarme— solo trabajas y trabajas. Parece como si eligieras estar con esas cosas, en lugar de con tu familia.

—Dejaré el aire acondicionado encendido —comenté con los ojos cerrados, en un patético intento por disimular mis lágrimas.

Abrí la puerta y salí sin mirar atrás. Debía verme ridícula en ese momento. Toda una oficial estatal con su uniforme verde y negro, adscrita a uno de los ministerios más poderosos del país, caminando por aquella calle abandonada y llorando como una adolescente resentida. Antes de llegar al parque ya podía ver a mi noveno compañero, o algunas partes de él. Los cuatro brazos derechos sobresalían por encima de su cabeza sin rostro, y debajo, el extraño cúmulo de alas entrelazadas unas con otras. No importaba el tiempo que transcurriera, aquella cosa que fingía ser una estatua seguía causándome escalofríos. Aparecieron hace diecisiete años, y en un primer momento se volvieron la noticia más importante en la primera plana de los diarios más importantes del mundo. «Diecisiete extrañas estatuas blancas aparecen el territorio de Panamá», rezaba el primer titular que hablaba sobre ellos. En ese entonces acababa de salir de la academia con ganas de comerme al mundo. No tenía manera de saber que pasaría los siguientes años vigilándolos.

Cuando ellos aparecieron el mundo se enloqueció. Todos querían conocer más sobre las misteriosas estatuas blancas en Panamá. Durante un año completo tuvimos arquitectos, biólogos, físicos, investigadores de todo tipo. Nadie pudo explicar lo que eran y con el pasar de los años dejó de importar. Todos volcaron su atención a cosas más importante, todos, excepto mi jefa, quien exigió una comisión de oficiales permanentes para mantener en vigilancia a las estatuas. Los años pasaron y mis sueños se fueron extinguiendo uno a uno. Me casé con un apuesto abogado, rubio y atlético. Ambos engordamos juntos, y cuando tratamos de tener hijos terminé con tres abortos año a año. Por supuesto que él me culpo. Las mujeres siempre tendremos la culpa. Si trabajamos demasiado somos unas neuróticas, sino trabajamos lo suficiente somos unas incapaces. Cuando al fin logré embarazarme, luego de gastar una pequeña fortuna en una conocida clínica de fertilidad, mi esposo ya tenía dos amantes. Los años me llevaron a acostumbrarme. Mis compañeros de trabajo no eran mis colegas, eran las estatuas. Pasaba tanto tiempo con ellas, que había empezado a notar leves cambios en sus formas. En ocasiones me encontraba con un brazo ligeramente inclinado, o con uno de los extraños ojos mirando en otra dirección.

—¿Elvira? —Era ella. No podía confundir esa elegante voz—. Soy Pamela. No estaba segura de que vendrías. —alegó, mirándome con cierta curiosidad—. ¿Podemos hablar en otra parte? Esta cosa me tiene un poco nerviosa. —Señaló a mi noveno compañero. La estatua blanca tenía ocho brazos, varias alas blancas en lugar de piernas, y una cabeza lampiña sin rostro. Los extraños ojos se distribuían a lo largo de su cuerpo.

—Vine aquí a hablar con la amante de mi esposo. Se supone que esto no debe tomar mucho tiempo. —El término «amante» no fue de su agrado, lo supe por la expresión sombría en sus facciones jóvenes y delicadas.

—Siendo así, no te haré perder el tiempo —empezó— estoy embarazada y Alan quiere el divorcio.

—Creo que eso debería decírmelo él —repliqué enfurecida. No tenía tiempo para estar triste. Hace algunos años, me habría molestado, pero no ahora—. Pero ya que te gusta hacer de mensajera, puedes decirle que, si quiere el divorcio, entonces también estará dispuesto a perder la mitad de sus cosas.

—Alan es un fantástico abogado —proclamó sonreída— si alguien perderá la mitad de sus cosas aquí, puedo asegurarte de que no será él, y si molestas más de la cuenta, entonces puede que te quedes sin la custodia del mocoso.

No recuerdo en qué momento tomé la piedra. Cuando recuperé la compostura Pamela estaba en el suelo con el cráneo aplastado. Mi noveno compañero fue el único testigo. Las gotas de sangre mancharon la superficie blanca de la estatua, pero al igual que en otras ocasiones, terminó absorbiendo la sangre. No era la primera vez que lo hacía, mis compañeros de trabajo me ayudaron en varias ocasiones. Ahora solo debía enterrarla bajo la estatua, nadie la buscaría ahí. Nadie la encontraría. Las palabras de mi jefa resonaron en mi cabeza una vez más «Elvira, este trabajo cambiará tu vida, te lo puedo asegurar».

andys_art_author

Xenonfobia

Xenon en estado puro, eran los resultados de un descubrimiento en una cueva en Phoenix, Arizona. Una banda de amigos que se encontraba jugando en una zona árida se tropezaron con una duna de poca elevación. Empezaron a derraparse por el banco de arena hasta que uno de ellos cayó dentro de un hueco que se abrió bajo la duna. Inmediatamente llamaron a las autoridades y llegaron a rescatar a aquel muchacho Jonathan que se encontraba en buen estado. Las autoridades clausuraron la aventura que daba a una caverna subterránea donde detectaron fugas de Xenon desde la corteza terrestre, algo tremendamente inusual ya que este gas se encuentra en la atmósfera y no en la corteza, esto causó el interés de los científicos que solicitaron condenar el área para que nadie sin autorización pueda acceder a esa cueva.

Jonathan había sido revisado por todo tipo de especialistas y el diagnóstico era que estaba sano y no tenía ningún efecto en él el Xenon que inhaló en aquella cueva. Ya en casa, planeaba darse un baño cuando se quitó la ropa y se percató que perdió su celular en aquella cueva, debió dejarlo caer.

A la carrera y sin bañarse, se colocó la ropa y se escapó de su casa. Fue donde su mejor amigo y lo llamó desde afuera:

—Josh sal, vamos a ir a la cueva.
—Estás loco Jonathan, cerraron el lugar anda a dormir a tu casa.
—Mi celular se quedó en aquella cueva, ayúdame a ir por él.
—No inventes —dijo Josh que dejó a Jonathan hablando solo fuera de su casa.

Jonathan decidió ir por sí mismo hasta aquella cueva y al llegar notó algo muy extraño. No había nadie cuidando la grieta por la que había caído, la supuesta vigilancia era nula, por lo que sin dudarlo volvió arrojarse a la grieta. Como ya lo habían rescatado habían colocado una escalera para subir desde aquel orificio, todo esto preparado para el día siguiente a la llegada de los expertos. Una vez dentro, Jonathan avanzó un par de metros y encontró su celular. Al recogerlo del piso vio una extraña luz azul que venía de lo profundo de la cueva. La luz variaba su intensidad y velocidad con la que se reflejaba en las paredes de aquella cueva. Curioso por conocer la fuente de esta extraña luz, avanzó dentro de la cueva hasta que encontró 4 acumulaciones de arena que sobresalen como 4 columnas que emitían las luces azules que lo habían atraído. Su curiosidad lo llevó a colocarse en el medio de las cuatro columnas e inmediatamente experimentó sensaciones que jamás había experimentado, la presión que su cuerpo sentía era 100 veces más a la experimentada la primera vez, esa sensación que recorre tu cuerpo cuando despega un avión, o tal vez 100 veces más de adrenalina cuando montas una montaña rusa. Jonathan sentía que su cuerpo se configuraba a cada segundo y adoptaba diferentes formas, mientras era absorbido por un espacio infinito. Sus ojos se dilataron y brillaban reflejando aquella luz azul que rebota por todos lados.

Cuando volvió en sí, se encontraba en un laboratorio muy sofisticado. Amarrado a una camilla atado de pies y manos:

—¿Qué ocurre aquí? ¿Dónde estoy?

A su alrededor había varias personas que lo miraban como un bicho raro, pero nadie decía nada. Le llamó la atención que todos tenían la misma ropa que era idéntica a la que tenía, incluso las mujeres tenían su misma ropa. Pasaron 10 minutos mientras Jonathan se quejaba hasta que un aparente doctor le dijo:

—Tranquilo, te vamos a ayudar —seguidamente le señaló algo a una de las mujeres que con unos instrumentos parecidos a tijeras empezó a cortarle la ropa.

—No pueden hacerme esto, ¿qué sucede?

Cuando aquella mujer terminó de cortar toda su ropa y lo dejó desnudo, aquellas personas se quedaron sorprendidas al ver los genitales de Jonathan, que eran totalmente ordinarios, pero era como si nunca hubiesen visto genitales humanos. Todos abandonaron la sala y Jonathan se quedó solo.

Una hora después, volvió la mujer con el instrumento parecido a tijeras con la intención de cortarle los genitales, incluso llegó a rasguñarlo un poco, pero de la desesperación Jonathan logró zafar un pie y una mano para golpear a aquella mujer. Como pudo tomó las aparentes tijeras con su pie y las llevó hasta su mano libre para liberarse. Al instante, salió corriendo de aquel lugar, atravesó una única puerta y para su sorpresa se encontraba en un lugar jamás visto, lo que parecía tierra, era de cabo a rabo negra. No había edificios, ni casas ni nada parecido, solo unas cúpulas que parecían enormes óvalos, incluso el laboratorio donde él había estado era una enorme cúpula.

Siguió corriendo, alejándose de aquel lugar hasta que vio uno de los óvalos resplandecer de azul, como la luz que había visto dentro de la cueva justo antes de despertar en este extraño lugar. Corrió lo más rápido que pudo y entró solo para percatarse de algo insólito. Un grupo de personas todas vestidas idénticas a él, estaban alrededor de una plataforma donde un sujeto idéntico a él estaba parado en medio de tubos que emitían una luz azul. Cuando lo vieron todos se quedaron asustados e inmóviles. Luego el sujeto idéntico a Jonathan se bajó de la plataforma y caminó hasta frente a él y le dijo:

—Tranquilo Jonathan, te vamos a cuidar y vas a estar bien.

—¿Cómo sabes mi nombre, por qué eres idéntico a mí?

—Yo soy tú y tú eres yo —respondió el extraño sujeto.

Jonathan aún desnudo y totalmente desconcertado pensaba cómo volver a casa, pero no sabía cómo. En ese momento recordó que había llegado al colocarse en medio de las 4 columnas que emitían la luz azul, tal vez si se colocaba en medio de la plataforma en la que estaba el sujeto idéntico a él podría salir de ahí y volver a casa, era su única alternativa. Usando el truco más viejo del mundo, distrajo a su doble y al resto de personas que permanecían inmóviles al decir: —*"Miren, ¿qué es eso?"* —señalando hacia la puerta por donde entró. Todos miraron y él aprovechó para tomar del pelo a su imitador y arrojarlo al suelo para salir corriendo hacia la plataforma con los cuatro tubos que emitían luces azules. Algo más había sucedido, ya que del fuerte tirón de cabellos que le dio al impostor se percató que realmente había jalado la máscara de aquel sujeto, una máscara de piel con un material sintético, muy extraño entonces volteó a mirar hacia aquel farsante, solo para ver el rostro de un ser diferente, pómulos muy sobresalientes, sin cabello, sin labios ni cejas y ojos totalmente circulares. La piel era extremadamente lisa y su color una tonalidad de blanco amarillento peculiar. Jonathan jamás olvidaría esos ojos.

Otra vez experimentó esa sensación de que su cuerpo cambiaba de forma mientras viajaba por un espacio infinito con destellos de luz azul, no podía controlar la sensación de su cuerpo y nuevamente perdió el conocimiento.

Cuando despertó se encontraba con una bata blanca, ya no estaba desnudo. Sabía que estaba en un hospital de la localidad, pero no sabía cuál, los instrumentos y aparatos eran muy normales. A su alrededor había varias personas, pero nadie le prestaba atención. Detenidamente observó la ropa de todos a su alrededor y cada uno contaba con atuendos diferentes, eso lo tranquilizó un poco. Se estuvo quejando por varios minutos y nadie lo fue a ver, eso en cierta forma lo hacía sentir que estaba en casa, era lo normal de los hospitales. Varios minutos después cuando alguien llegó atenderlo, lo trató como si no le importara, le preguntó que ocurría y ella le dijo que lo habían encontrado desnudo en la cueva descubierta recientemente.

Jonathan pidió hablar con las autoridades.

Varias horas después llegaron hablar con él, obviamente les contó todo lo ocurrido con lujo de detalles, pero ni las autoridades ni los médicos, tampoco los científicos le creyeron, un portal que lo llevó a otro mundo donde encontró extraterrestres, imposible. Casi 24 horas tomándole declaraciones y haciéndole exámenes, incluso psicólogos y psiquiatras hablaron con él. El diagnóstico final fue Xenonfobia, alucinaciones e intoxicación por aspirar demasiado gas Xenon dentro de aquella cueva. Varios especialistas le explicaron que el cuadro que presentaba tenía todas las características de alucinación por inhalar un gas, le explicaron que no volvería a experimentar esas alucinaciones y aunque le parezca muy real, todo lo vivido fue producto de su imaginación.

Cuando finalmente pudo ir a su casa estaba muy confundido con todo lo que había ocurrido, decidió ir a tomar el baño pendiente para irse a dormir, cuando estaba en las regaderas y el agua corrió por sus genitales, un fuerte dolor lo estremeció, sangre emanaba de un terrible rasguño que no parecía una alucinación.

Herencia

Otro cambio en la herencia en el testamento de Dairus Green, era como otro día horneando pan para un panadero. Ya se había vuelto cotidiano. Dairus Green un poderoso Magnate, el hombre más adinerado del planeta, había cambiado su testamento en la última semana tantas veces que su abogado Rich Onell se enojaba, cada vez que recibía una llamada de Dairus:

—Te digo que este es el último cambio Rich.

—Dairus, por Dios en la última semana has cambiado entre tu esposa, tu exesposa, tu hijo, tu amante y ahora esto, por Dios, entra en razón.

—Por qué entré en razón es que he hecho este cambio. Esta persona es la que realmente merece toda mi fortuna.

—No seas ridículo, por qué merecería toda tu fortuna este criado.

—Ha estado conmigo desde que lo encontramos en las Maldivas.

—¿Solo por eso le dejaras todo?

—Es el único al que realmente le importo —dijo Darius con un tono bastante triste.

Después de eso Rich dejó de refunfuñar y accedió hacer el cambio, pero le aclaró a Dairus que no volvería a cambiarlo.

—Si después quieres hacer otro cambió también tendrás que cambiar de abogado.
—Ya ya… tranquilo, parece que te morirás primero que yo —dijo en broma Dairus.
—Claro que sí, si tu estas obsesionado con vivir más no sé para qué quieres hacer el testamento.
—Siempre hay que estar preparado mi amigo.

Algo muy cierto que dijo Rich es que Dairus tenía una excelente salud, estaba tan obsesionado con su salud que tenía una clínica de rejuvenecimiento y tratamientos especiales para alargar la longevidad en las Maldivas, se llamaba Aeternity. Anualmente se hacía operaciones con procedimientos extremadamente avanzados para ganar más longevidad, de hecho, su edad cronológica era de 80 años, pero biológicamente su reloj apenas cruzaba los 60, estaba en muy buen estado. Había pasado por varias cirugías de trasplante de órganos con métodos revolucionarios, había teorías que eran capaces hasta de trasplantar cerebros. Dairus, tenía planeada una cirugía en algunas semanas y los procedimientos y técnicas avanzadas que habían desarrollado en su clínica tenían algo de riesgo y no estaba de más tomar algunas precauciones, aunque más que precauciones para Rich que era el único que conocía las intenciones y cambios de testamento de Darius, parecía paranoia.

Un par de días después con el cambio ya ejecutado, Darius se reunió con el heredero designado para conversar con él:
—Shukoor Hussain, hijo mío.
—Señor Dairus, usted es el único que me llama por mi verdadero nombre.
—Claro que sí, ese es tu nombre.

David Cambell es un seudónimo que tuvimos que usar para no poner incómodo a esa tribu de buitres con los que desafortunadamente hice negocios. Tu apellido pondría nervioso a algunos socios por temas relacionados a tus ancestros lejanos.

—No se preocupe señor Dairus, David o Shukoor como usted quiera llamarme. No tengo más que agradecerle por todo lo que ha hecho por mí y mi familia.

—Yo estoy más agradecido desde que te adopté has sido el hijo que siempre quise, no como ese Alexander que es un mal agradecido —dijo muy alterado Dairus en referencia a su hijo de sangre.

—El señor Alexander lo quiere mucho, no tenga dudas.

—Él no quiere a nadie, ni a él mismo. Hace rato que perdió el camino. Pero no te mande a llamar para eso.

—Cuénteme usted para que me necesita.

—Pronto voy a realizar otra cirugía de rejuvenecimiento en la Aerternity y quiero que me acompañes.

—Claro genial, será un honor para mí. Además, podré visitar a mi familia, así que cuente con eso.

—Gracias siempre puedo contar contigo.

—Estoy para servirle al señor Dairus.

—Te aseguro que después de este viaje me servirás más que nunca.

La reunión se terminó y Dairus nunca le mencionó a David que lo había dejado como su heredero, para todos, incluyendo Rich que estaba informado de esta reunión, era la reunión de notificación que todo lo que era del gran magnate Dairus, sería a futuro dueño de un conglomerado de empresas, tendría cualquier cantidad de propiedades en diferentes países y cuentas bancarias por todo el mundo, pasaría de ser un afortunado adoptado al dueño de todo.

Pasaron algunas semanas y llegó el momento del viaje hacia las Maldivas, todo parecía normal.

Dairus discutió con su esposa antes de salir de viaje como algo de rutina, tomó sus cosas y se fue. En otro carro iban su cocinero, su enfermera y David como invitado especial. Ya en el avión David se sentó al lado de Dairus e iban conversando durante todo el viaje. En un punto luego de comer unos alfajores, David se empezó a sentir mal, cerró los ojos y quedó en un profundo sueño. Cuando volvió abrir los ojos había una tremenda luz que casi lo deja ciego sobre él y estaba en una cama de un salón de operaciones.

—Vamos a proceder con el cambio —dijo un galeno que estaba con el atuendo de cirujano.

—Comienza la anestesia —dijo otro que colocó una mascarilla de gas en David que volvió a perder el conocimiento.

Sin saber que ocurría abrió los ojos:

—Ya despertaste le dijo una enfermera.

—Me duele mucho la cabeza.

—Toma estas medicinas —tomó las medicinas David que se sentía algo débil, supuso que por estar en cama. Estaba vendado de brazos y de cabeza, toda su cabeza tenía vendajes.

—Sufrieron un accidente de avión, estabas dormido cuando ocurrió. Te llevaron de emergencia a Aeternity y te salvaron la vida.

—Que le ocurrió al señor Dairus.

—Está bien, también lograron salvarle la vida. Cuando esté mejor vendrá a saludarte. Tú te llevaste la peor parte.

—¿Por qué me duele tanto la cabeza?

—Es natural los golpes que recibiste fueron graves. Recuéstate debes descansar —dijo la enfermera que salió del cuarto.

Pasaron algunos días y la situación de David empeoró poco a poco, fue perdiendo movilidad y tenía muchas dificultades para hablar. Nadie de sus conocidos había ido a visitarlo, ni siquiera el señor Dairus. David estaba muy triste. A la segunda semana había perdido el habla, apenas lograba dar señas y comunicarse de este modo. Como pudo le rogó a la enfermera que lo llevara a ver al señor Dairus y ella aceptó. David no se había percatado que ya no estaba en las Maldivas y que habían regresado a Suiza, estaban en la casa donde siempre trabajó, lo supo por las distancias que recorría en la silla de ruedas, aunque casi no sentía las piernas, incluso su vista era muy borrosa. Llegaron al estudio, donde habitualmente estaba el señor Dairus, aquel lugar donde se habían reunido por última vez.

David vio la silueta del señor Dairus que al sentir la presencia en el estudio volteó sonreído. La impresión que se llevó David casi se infarta, no podía creer lo que estaba viendo, tampoco podía gritar ni levantarse, no podía hacer nada, solo escuchar las risas y festejos de Dairus.

—Mi querido Shukoor Hussain tiempo sin verte. Espero que estes tan bien como yo lo estoy, un mes me tomó recuperarme de nuestra cirugía, déjame verte —Dijo Dairus que quitó los vendajes de la cara de David.

—Te ves genial amigo, genial. Disfruta de todo lo que te queda de vida porque parece que no es mucha. Estoy muy, muy agradecido contigo, como te

como te dije aquella vez, siempre puedo contar contigo.
En ese momento Dairus le dio un abrazo a David que lloraba impotente en su silla de ruedas. La enfermera llevó a David a su habitación mientras esté recordaba las últimas palabras de Dairus: "Te aseguro que después de este viaje me servirás aún más"

Al día siguiente las portadas de todos los medios Suizos tenían como principal noticia: Se ha suicidado el Magnate Dairus Green, ¿quién tomará la herencia?

Calles Rotas

Las calles maltratadas por la corrupción de hace muchos años hacen que piense que quizás estos huecos sean más grandes que aquellos que se hallan en la luna, mientras camino en esta selva de cemento, deslicé mi tacón y quedó atorado en uno de aquellos, este orificio era pequeño por encima, pero por debajo parecía un cráter, me recordó al nepotismo.

Mientras trato de sacar el zapato, miro hacia mi alrededor y lo único que veo son sombras, una vida costosa en un mar de lamentos emanados por personas que ya no pueden vivir a costa de subsidios, sino que merecen un trabajo y salario digno.
En mi pesar me quito el botín porque me cansé de intentar sacarlo de la cavidad en donde quedó atascado, así me siento a diario porque en mi país muchos nos quedamos atorados en precipicio sin retorno, a lo que en su momento fue un lugar que contenía un crecimiento desbocado, hoy en día podemos observar cómo la codicia de algunos, hace que muchos caminemos a pie pelado, sin un sueño que cumplir y encareciendo cada día más nuestra forma de vivir.

Pasaron los años y las calles empezaron a reparar, porque ya se avecinaba una elección más, dijeron todos: Es hora de trabajar, porque seguramente a la hora de votar de esto es de lo que los incultos se acordarán.

Misa Roja

Avanzó a paso apresurado por los extensos pasillos lóbregos y fétidos del distrito residencial. No era la primera vez que se registraba una matanza en ese lugar. En el distrito Espinar era común toparse con los violentos restos de los enfrentamientos territoriales entre pandillas, uno que otro incendio provocado para mandar una advertencia a algún ciudadano reacio a cumplir con sus obligaciones financieras, o una apuesta callejera que terminaba con algún pobre diablo con un disparo en medio de las cejas. Una brisa fría y hedionda lo obligó a levantarse el cuello de la camisa, en un fútil intento por protegerse la nariz de los olores nauseabundos que invadían el área.

—Hola Eric, ¿cuántos muertos esta noche? —lo saludó Ernesto, un muchachito de unos trece años, con la sorprendente capacidad para hallarse en los lugares más peligrosos y en los momentos más comprometedores. Su nombre real era Ernesto, pero en el barrio todos lo conocían como Pancho.

—De momento van treinta y seis, pero podrían aumentar —contestó justo lo que le dijeron por teléfono esa misma madrugada. «¿Acaso la gente no sabe hacer nada mejor que matarse en estos barrios?», pensó, antes de dedicarle una rápida mirada al muchachito vestido como pandillero.

El tatuaje de la mujer desnuda en su pantorrilla derecha tampoco ayudaba a mejorar su imagen—. Vete a casa, niño. Tu madre debe estar preocupada —añadió—, por cierto, ¿no tienes escuela en un par de horas?
—¡Vamos hermano! Ese es un chiste de muy mal gusto —replicó entre carcajadas.
—Estoy apurado —aclaró, al ver que el chico pretendía seguirlo—. Por ahora lo dejaré pasar, pero si te veo en el camino de regreso, pasarás el resto de la semana en esa celda cómoda que tanto te gusta —ironizó, pero aún así el chico no dejó de seguirlo—. Estoy hablando en serio, Ernesto —recalcó. El chico volvió a sonreírle. «No tengo tiempo para esta mierda».
—Es una tarea para el periódico escolar —aseguró el chico—, se supone que debo exponer en clase acerca del incremento en los índices de criminalidad.
—¿Me tomas por imbécil?
—Vamos Eric. Le dijiste a mi mamá que podría ser un buen periodista.
—También recuerdo haberle dicho a tu madre que estos pasillos no son un lugar seguro para un niño de tu edad. —«Ningún lugar es seguro en este maldito barrio», reflexionó sin aminorar la marcha, para después darse la vuelta y encarar a su molesto acompañante, quien seguía mostrando aquella sonrisa inocente—. Te quedarás con los otros policías. No quiero verte en la escena del crimen. Y si descubro que te has llevado algo… —Lo sé. Pasaré el resto de la semana en una cómoda celda —destacó el chico, apresurando la marcha y adoptando una ridícula postura que pretendía emular un poco del aspecto masculino y corpulento de su acompañante.

La iglesia clandestina mantenía sus puertas abiertas. Los policías acordonaron el área de la manera acostumbrada. Ellos, al igual que Eric, llegaron al lugar caminando. Los estrechos pasillos impedían la entrada de cualquier unidad vehicular. El hacinamiento en el lugar era escandaloso. Algunos políticos solían llamarlo: las consecuencias del avance arquitectónico en la ciudad. Lo curioso era que no se referían a ese hacinamiento como algo malo. En los últimos diez años la ciudad de Panamá había crecido de una forma alarmante. Los rascacielos se convirtieron en una nueva ciudad, encima de la antigua ciudad. Nadie se interesaba por los dos millones de personas que vivían hacinadas bajo las inmensas sombras de los enormes rascacielos. Por encima de las nubes, Panamá era una ciudad hermosa, pero por debajo era una asquerosa alcantarilla que cada día olía peor.

Las iglesias clandestinas tampoco eran algo raro. Entre las sombras de la ciudad se vivía tan mal, que no era extraño ver a personas rezando a deidades bizarras y grotescas. Esas prácticas no estaban reguladas, el gobierno no mostraba ningún interés por las criaturas que habían pasado a considerarse como deidades benévolas que buscaban minimizar el sufrimiento de los desvalidos. Los cuerpos policiacos solo intervenían en la libertad de culto de los ciudadanos cuando se registraban sacrificios no autorizados. Ninguna autoridad te impediría degollar a una cabra o decapitar a una gallina en el centro de un altar, siempre que se soliciten los permisos exigidos para este tipo de prácticas. Aquellos que vivían en los rascacielos, por encima de las nubes, también adoptaron algunas de estas religiones bizarras, pero en las alturas era más complicado realizar estos rituales. Por este motivo, se hizo común la construcción ilegal de iglesias clandestinas situadas en las sombras de la ciudad, a las cuales asistían figuras prominentes de la política, la cultura y la ciencia panameña.

—¿El mocoso no tiene escuela en un par de horas? —preguntó Johana, una oficial regordeta muy acostumbrada a ver a Ernesto detenido en las redadas nocturnas. Fue la primera en fijarse en el chico cuando Eric ingresó en el recinto.

—Es para un proyecto del periódico escolar —se apresuró a contestar Eric, antes de centrar su atención en la puerta ensangrentada que se extendía al fondo de la habitación circular.

—jefe, disculpe, no quiero parecer altanero —intervino Melvin, un hombrecillo delgado y pálido, cuyo uniforme le daba un aspecto aún más patético—. Hay más de treinta personas muertas en esa habitación, ¿no cree que eso puede resultar algo fuerte para el muchacho?

—Relájate Melvin —comentó el intrépido Pancho, mientras hacía un gesto lento con las manos, que ya estaban ocupadas por una pequeña libreta en la que empezaba a trazar algunos garabatos—. Tengo casi catorce años; además, en una ocasión atrapé a mi mamá masturbando al casero para que este le perdonara un año de renta. Estoy más que habituado a lidiar con situaciones fuertes.

—No necesitaba enterarme de eso —meneó la cabeza Johana.

—El chico se queda contigo, Melvin —sentenció Eric, antes de dirigirse a la otra oficial—, Johana, por teléfono me comentaste que había un sobreviviente.

—No, jefe —aclaró Johana— por teléfono le dije que atrapamos al asesino.

Está esposado en esa misma habitación.
—¡Oye Eric! —reclamó Pancho— ¿Melvin es ahora mi niñera? Pensé que teníamos un trato. No puedo ser un buen periodista si me alejan de la escena del crimen —refunfuñó un par de veces más, pero no tardó en darse por vencido al comprender que nadie le haría caso.
—Por teléfono me dijiste que hallaron a un hombre bajo los efectos de sustancias alucinógenas —repitió Eric—, también me explicaste que el sospechoso cuenta con una altura de apenas un metro setenta y dos. —Johana se preparó para replicar, pero Eric no le dio la oportunidad—. ¿Cómo podría un hombre drogado, que mide menos de dos metros, ser capaz de asesinar a más de treinta personas? —«La confesión no sirve de nada», reflexionó sobre el siguiente argumento que le daría Johana. Eso también se lo había dicho por teléfono. «No es la primera vez que me encuentro con algún tipo desesperado por asumir la culpa de alguien más, para evitar futuras represalias contra miembros de su familia»—. Esto va más allá de un simple hombre drogado.
—jefe, el sospechoso ya confesó.
—¿Y eso no te parece raro?

Ambos avanzaron a lo largo del recinto. La construcción no podía ser más extraña. Se percibía una mezcla de olores dulces en el ambiente, que resaltaban aún más el grotesco aspecto de las estatuas repartidas a lo largo del espacio circular. «Una sola de esas estatuas costaría una fortuna», dedujo mientras caminaba alrededor de una escultura de formas femeninas, pero con una cabeza monstruosa. Se fijó especialmente en los cuatro zafiros que representaban a los ojos en aquel rostro monstruoso. Johana y él dejaron atrás la habitación circular junto con sus costosas y monstruosas esculturas. Al cruzar las puertas ensangrentadas se hallaron frente a la masacre. La oficial regordeta desvió la mirada. «No debería estar aquí», pensó Eric, al verla esforzándose por controlar sus rodillas temblorosas. «Existe una gran diferencia entre recoger los cadáveres de un montón de pandilleros, a encontrarse con un genuino sacrificio humano». Eric estuvo a punto de pedirle que se fuera, pero al vislumbrar a otros dos oficiales asegurando las evidencias y a solo dos ayudantes del equipo forense, comprendió que no podría permitirse prescindir de otra unidad. Los oficiales para trabajar en un área tan peligrosa escaseaban. Necesitaba a Johana ahí.

El supuesto homicida se hallaba esposado contra una de las columnas. El cuarto de la masacre era un poco más pequeño que el que le antecedía. Las columnas eran de un rojo brillante que se confundía con facilidad con la sangre esparcida por el lugar. El prisionero se mantuvo arrodillado y abrazado al pilar rojo. Por lo visto, alguien consideró prudente esposarlo de aquella forma. Johana se aseguró de rodear a la mayoría de los cadáveres, y no tardó en llegar al lugar en donde se hallaba el prisionero. Eric, por su parte, decidió recorrer el recinto mostrando el cuidado escrupuloso propio de los profesionales habituados a ese tipo de escenas. Contó a unas nueve mujeres y a unos trece varones. No pudo evitar sonreír al comprobar que los asesinados no eran residentes del barrio. «Ese abrigo cuesta tres veces mi salario», pensó, al enfocarse en el lujoso vestuario de una dama, que al igual que todos los demás, mostraba un orificio limpio en el pecho a la altura de donde debía encontrarse el corazón. Acercó el rostro a la herida sin dudarlo, y le pareció notar algo parecido a una quemadura en los bordes circulares de la lesión. En todos los cadáveres era igual. El orificio, que alcanzaba el diámetro de una moneda, pasaba de extremo a extremo a través del torso.

En el centro de la habitación sobresalía un grupo de cuerpos amontonados, lo cual llamaba demasiado la atención, al considerar que el resto de las víctimas parecían haberse desplomado en puntos diversos del salón. «No tiene sentido», razonó, al vislumbrar las huellas sangrientas en el piso de madera. «Alguien intentó borrar el rastro de sangre, pero no es un profesional. Solo logró que el rastro fuera aún más evidente. Esos cuerpos fueron arrastrados hacia ese punto». Decidió acercarse a inspeccionar mejor la escena, pero un chorro rojo cayó sobre su gabardina, enseguida miró hacia arriba. El techo se mostraba cubierto por una sustancia rojiza, pero no había sangre. Se veía como una mancha, pero su apariencia recordaba más al de un hongo rojo trepando a lo largo de una superficie.

—¡Oye! —El prisionero ignoró a Johana y se enfocó en Eric. El fornido detective se mantuvo concentrado en la mancha—. ¡Oye! No hay nada que investigar aquí —insistió el prisionero—, he confesado. Soy culpable. —Eric desvió la mirada solo un poco, para observar la clásica actitud presumida de Johana, pero se encontró con el terror reflejado en sus cachetes porcinos y temblorosos.

«Lo siento, Johana, pero de verdad necesito más manos en este asunto, y Melvin no tiene estómago para este tipo de cosas»—. ¡No pierda más tiempo con todo esto! —exigió el hombre esposado, liberando a Eric de la línea de pensamiento que lo aquejaba en ese instante—.

Soy culpable. Me encargué de matar a toda esta gente.
Eric guardó silencio. Se enfocó de lleno en el presunto homicida. Sus ropas eran tan elegantes como las de la mujer del costoso abrigo. Más de treinta cadáveres, y todos vestían alta costura, incluso el asesino zapateaba estresado con un calzado tan fino que Eric no soñaría siquiera con la posibilidad de comprar unos similares. El prisionero era delgado, de aspecto elegante y rasgos delicados. No superaba los treinta años. El tamaño de sus hombros destacaba una rigurosa rutina en el gimnasio. «Un modelo de ropa interior, o quizás el juguete sexual de alguno de estos cadáveres. Definitivamente no creció en un barrio como este». Eric se preparó para entablar una conversación oficial con el detenido. Johana ya preparaba el acta oficial, para dejar por escrito la supuesta confesión, pero la mirada nerviosa del juguete sexual activó el espíritu investigativo del detective. Los ojos nerviosos fueron hacia la pila de cadáveres amontonados que había visto antes. El detective no dudó en avanzar hacia la grotesca escena. Eran seis personas, pero no estaban tiradas en el suelo de una manera… natural. Los experimentados ojos del detective le permitieron corroborar que los cuerpos habían sido trasladados desde sus posiciones originales. No podía ser un error de los forenses.
—¡Oiga! Se supone que debe tomar mi declaración
—¿jefe? —la incomodidad de Johana ahora se percibía en sus labios temblorosos.
«Lo siento, Johana. De verdad espero que esto no te cause pesadillas».
—¿Qué está haciendo? —reclamó uno de los ayudantes forenses.
—Aún no hemos comenzado con esos —indicó

otro de los oficiales.
Con un gran esfuerzo retiró el pesado cadáver de un hombre calvo vestido con un esmoquin azulado, en uno de los bolsillos resaltaba una prenda de relojería fina. De inmediato se trasladó al otro lado de la pila de cadáveres y removió el envejecido cuerpo de una anciana canosa que portaba una lujosa tiara con esmeraldas a los lados. Los otros oficiales en la habitación se mostraron sorprendidos al inicio, pero luego comprendieron los motivos del detective. Los cadáveres fueron movidos para ocultar algo más. Una hermosa joven vestida con un traje ceremonial de color blanco, ahora manchado con sangre, reposaba debajo de los invitados asesinados. La chica mostraba los cambios físicos propios del embarazo, pero su vientre abultado se mostraba abierto, como si le hubieran arrancado las entrañas. Johana se dio la vuelta para vomitar. La regordeta oficial hizo su mayor esfuerzo para no contaminar la escena del crimen, pero las arcadas la obligaron a inclinarse en una de las esquinas del cuarto.
—¿Qué carajo le hicieron? —musitó uno de los ayudantes del forense.
—Eso no cambia nada —aseguró el presunto asesino, pero ahora mostrándose mucho más nervioso que antes—. Quiero que tomen mi confesión. Acabé con toda esta gente.
—¿Cuál dijo que era su nombre? —cuestionó el detective.
—Está registrado como Alex Samaniego —se apresuró a contestar Johana—, trabaja como un caballero de compañía.
«El juguete sexual de alguno de los muertos», corroboró Eric satisfecho, pero también arrepentido al ver a Johana regresando al oscuro rincón de antes

para vomitar de nuevo.
—¿Sabes lo que es una misa roja, Alex? —La pregunta de Eric lo dejó sorprendido.
—¡Qué importancia tiene eso! Ya le dije que soy el asesino. Lléveme a prisión.
—Así que intentas escapar de algo.
—¡Sáqueme de aquí! —Su nerviosismo se había vuelto más notorio.
—¿Quiénes se encargaron de matar a estas personas? ¿Cómo lograron matarlos a todos al mismo tiempo? ¿La chica embarazada formó parte de un ritual?
—¿Usted cómo sabe de las misas rojas?
—¿Me estás interrogando? —Soltó una atronadora carcajada que sorprendió incluso a la descompuesta Johana.
—Lo que sea que sepa sobre esas misas, es suficiente para deducir que no diré nada al respecto.
—Descuida, sé que no dirás nada —aclaró, antes de liberar por completo el cadáver de la chica embarazada—. Lo bueno de las misas rojas es que estas siempre se realizan bajo estrictos sistemas de grabación digital. —El prisionero se desesperó, ahora ya no le interesaba el tema de la confesión—. Lo único que debo hacer es buscar la grabación del ritual, que debe estar registrada en un equipo de grabación pequeño que debe hallarse en algún lugar de este edificio —detalló—, con la grabación nos daremos cuenta de quién asesinó a estas personas.
—No juegue con cosas que no entiende, detective.
—Pero claro que lo entiendo —aseguró—, esos millonarios en las alturas se cansaron de decapitar pollos, y de degollar cabras. Ahora han empezado con los sacrificios humanos, buscando ser escuchados por alguna fuerza que no existe.

Las puertas del recinto se abrieron de golpe. Melvin ingresó aún más pálido que antes, venía acompañado por el intrépido Pancho. El oficial se anticipó a la reacción del detective. Pancho estaba ahí, en una habitación repleta de personas asesinadas, pero Melvin había logrado cubrirle los ojos. —¡Tenías razón, hermano! —proclamó el chico emocionado. En su mano derecha agitaba la libreta en la que tomaba sus apuntes periodísticos, y en la mano izquierda aferraba con gran cuidado el dispositivo de grabación digital—. Estos vejestorios de la alta sociedad son un libro abierto —aseguró— esconder una evidencia tan importante en un gabinete en la recepción. ¡Son unos completos idiotas! —detalló entre carcajadas. Eric se apresuró a sacar al chico del recinto. Antes de cerrar la puerta el supuesto homicida imploró para que no reprodujeran la grabación. Una vez de vuelta en la habitación circular, junto a las esculturas femeninas de rostros monstruosos, el detective reprendió sin ninguna contemplación al asustado Melvin. «¿En qué carajo pensabas, Melvin?». El inquieto pancho no perdió la oportunidad de defender al oficial. El chico aseguró que todo había sido su culpa, y confesó que se había negado a entregar el dispositivo a Melvin cuando este se lo solicitó. De igual forma, también aclaró que sus ojos estuvieron en todo momento cerrados y que no llegó a ver a ninguno de los cadáveres. Esto conmovió a Eric en parte. El chico fue detenido por Melvin en tantas ocasiones, que el oficial ya le había tomado cierto cariño. En medio de los regaños del detective, en la siguiente habitación, se seguían escuchando los gritos de advertencia de Alex. —¡No reproduzcan la grabación! —suplicaba el presunto homicida a todo pulmón. —Hemos atrapado a ese imbécil — proclamó el aspirante a periodista—. ¡Solo escúchenlo chillar! Es obvio que con esto ya tenemos todo lo necesario para refundirlo el resto de sus días en prisión.

—¡No quiero escuchar nada más sobre este tema!

—Pero hermano…

—No soy tu hermano —sentenció el detective—, te dije lo que pasaría si te atrapaba llevándote algo.

—No me he llevado nada —se defendió el chico—, le dije a Melvin en cuanto la encontré.

—¿Viste la grabación?

—No señor —contestó Melvin, visiblemente afectado por el regaño.

—Saca a Ernesto de este lugar. Te quedarás con él ahí afuera.

—Hermano, es en serio. ¿No me dejarás ver la grabación?

—Por supuesto que no —enfatizó, antes de guardarse el aparato en uno de los amplios bolsillos de la gabardina—. Los quiero fuera del edificio —insistió— no lo repetiré de nuevo.

Melvin tomó al chico por el hombro y ambos salieron del lugar, pero antes, el molesto Ernesto aprovechó para hacerle un gesto obsceno con el dedo medio. El chico estaba decepcionado con la actitud del detective, pero este estaba aún más decepcionado consigo mismo por aquel imperdonable descuido. «Llevar a un niño de trece años a la escena de una masacre. ¿En qué carajo estaba pensando? No ha sido culpa de Melvin. El idiota he sido yo». A pesar de eso, una sonrisa invadió su rostro. El chico definitivamente tenía madera para el periodismo. Casi sin darse cuenta, sacó el aparato de su bolsillo, enfocó su mirada en la pantalla táctil, que no era

era más grande que una tarjeta de crédito, y presionó el botón de reproducción. Enseguida se encontró con todos los muertos charlando animadamente en el interior del recinto de columnas rojas. Alex Samaniego iba tomado de la mano con la anciana de la tiara de esmeraldas. «Así que te gustan las maduras, Alex», meditó, sin notar el extraño parpadeo en las luces.

La persona que sujetaba el dispositivo de grabación avanzaba a paso lento justo por detrás de la dama que vestía el costoso abrigo. Eric tuvo que reiniciar la reproducción en un par de ocasiones, debido a que la imagen se congelaba sin motivos. Los invitados no tardaron en ingresar a la habitación de las columnas rojas. Para sorpresa de Eric, la mancha roja seguía estando en el mismo lugar. Con la habitación inmaculada y sin los cadáveres, fue más sencillo apreciar los símbolos que se extendían por todo el recinto. Era más que un pentagrama. El detective se acostumbró a ver este símbolo en las otras iglesias clandestinas en donde se perpetraron sacrificios humanos, por eso le sorprendió encontrarse con un símbolo muy distinto. Era como ver una figura geométrica con curvas perfectas que iban y venían a lo largo del salón. «Esto no lo he visto antes». El dispositivo de grabación pasó de una mano a otra. La nueva persona que asumió la tarea de grabar el ritual se ubicó en uno de los extremos más alejados del salón. Ahora la imagen abarcaba a la mayoría de los invitados, un panorama más amplio del recinto, y también a la grotesca mancha roja en el techo, que parecía cambiar de forma en algunos momentos de la grabación. Eric presionó el botón para adelantar la reproducción. Se detuvo en el minuto treinta y tres, saltándose la mayor parte del ritual que consistía en el encendido de velas rojas, y los canticos en un idioma desconocido. La mujer embarazada no tardó en aparecer. El hombre gordo con el esmoquin azulado se encargó de posicionarla justo debajo de la mancha roja. *«La mujer no puede mantenerse en pie»*, notó la mirada perdida de la joven, y un fino hilo de saliva que se derramaba por su barbilla. Alguno de los invitados la ayudaron a recostarse sobre el piso, justo debajo de la mancha roja en el techo. *«Bueno, ya es hora de que empiece el espectáculo»*. Esperó ver lo mismo que había visto en otras grabaciones: nada. Una que otra silla moviéndose sola, alguna cortina incendiándose de la nada, unas cuantas estatuas que sangraban. Estaba agotado de ver las mismas cosas siempre. Para él, todo eso no era más que una excusa diferente para justificar la violencia. En muchas otras grabaciones vio a hombres abusando de niñas drogadas, a ancianas degollando niños recién nacidos, a personas apuñalando hasta la muerte a una chica virgen. Excusas tontas para justificar la crueldad humana. *«Los humanos no necesitamos rezar a ninguna entidad cósmica para desatar nuestra violencia»*, reflexionó antes de que la imagen se congelara una vez más. Tocó el botón de «play» de nuevo, y el vientre de la mujer embarazada estalló. Él no fue el único sorprendido. Los invitados retrocedieron al principio confundidos y luego asustados. Aquello no debió suceder, lo podía ver en la mirada horrorizada de Alex Samaniego y de su anciana acompañante. El hongo rojizo en el techo reaccionó al contacto con la sangre.

«¿Qué carajo estoy viento? ¿Esto de verdad sucedió? El vientre de esa mujer estalló así nada más. No. No puede ser. La grabación debe estar adulterada. Lo que estoy viendo es imposible».

El detective tardó en notar las luces que parpadeaban a su alrededor. Los dispositivos eléctricos reaccionaron a algo que él no podía ver. Escuchó los gritos de Alex Samaniego en la habitación de columnas rojas, mientras que el Alex Samaniego de la grabación corría despavorido, abandonando a su pareja quien retrocedía con las manos alzadas y temblorosas repitiendo una frase en un idioma desconocido. El hongo rojo en el techo creció igual que una infección. Unos seis brazos emergieron desde el profundo interior pastoso de aquella sustancia. El cuerpo femenino de una bestia emergió. Sin duda, aquel ser no era humano. El cuerpo femenino tenía una cabeza deformada e invadida por protuberancias que culminaban en apéndices similares a brazos con manos manchadas de sangre. La monstruosidad rugió, y Eric comprendió que el rugido no venía de la grabación. Los disparos no se hicieron esperar. Johana gritó órdenes enloquecidas al resto de sus compañeros. Alex chillaba despavorido. El detective dirigió su atención al aparato nuevamente. La monstruosidad con brazos en la cabeza liberó un conjunto de tentáculos a través de su boca sin labios. «Esta cosa. ¿De verdad es un Dios?». Los tentáculos se movieron a lo largo de la habitación, atravesando a los invitados en cuestión de segundos. Los treinta y seis miembros de aquel ritual fallecieron en menos de diez segundos. Alex solo sobrevivió porque se escondió debajo del cadáver de la jovencita embarazada. La bestia no notó su presencia.

Eric no lo pensó dos veces. Arrojó el pequeño aparato sin mirar atrás. Las luces seguían parpadeando en todo el edificio. Corrió hacia la salida, pero no tenía pensado escapar. «No es un Dios. Es un depredador, algo que arrancaron desde otro mundo. No es más que un animal que ha evolucionado para masacrar a sus presas en segundos. No puede salir de este edificio», concluyó, antes de cerrar las puertas de la iglesia clandestina, ante las miradas horrorizadas de Melvin y Ernesto. —¡Llévate al niño, Melvin! Corran y no miren atrás. —gritó, justo después de asegurar el picaporte de la puerta de entrada—. ¡Serás un fantástico reportero, Ernesto! No le des más problemas a tu madre. —El chico dijo algo más, pero el sonido de los disparos le impidió escucharlo. Pudo oír a Melvin forcejeando con Ernesto, pero el oficial no tardó en llevarse al muchacho. El detective sonrió por última vez antes de darse la vuelta y encarar a la criatura.

La bestia no tenía ojos, pero sabía que lo estaba mirando. Salió con dificultad de la habitación de columnas rojas. Pudo ver el cadáver de Johana tendido a un lado del de Alex. Desenfundó su arma de reglamento con mucho cuidado. Los pesados brazos en la cabeza de la criatura reaccionaron al leve movimiento. Antes de que Eric pudiera presionar el gatillo, uno de los tentáculos perforó el centro de su pecho.

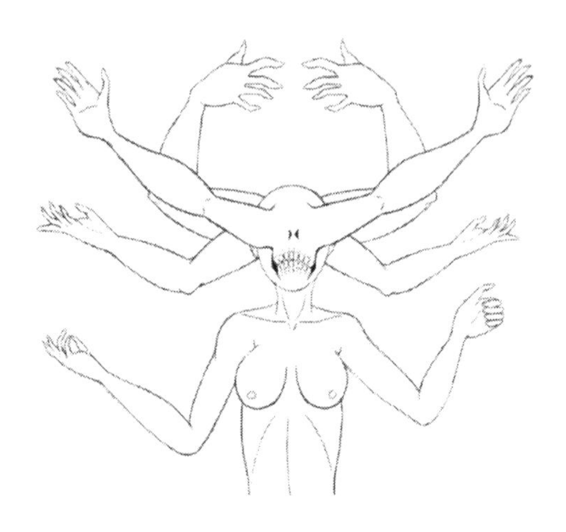

Última Oportunidad

Matilde permaneció sentada sobre la banca de madera roja, posicionada a un lado del alargado sendero empedrado que bordeaba los límites del parque, antes de llegar a la carretera principal. El parque era su lugar favorito para reflexionar. La brisa, los árboles, las risas de los niños, los ladridos de los perros y el sonido del riachuelo que discurría a unos pocos metros del sendero empedrado, formaban una extraña melodía que incitaba a detenerse, suspirar y reflexionar. Se acomodó mejor sobre la banca, cerró los ojos y dio un largo y prolongado respiro, captando el inconfundible aroma de la hierba mojada. Recordó que solía hacer lo mismo cuando era una niña. Justo después de una de esas violentas discusiones, se apresuraba a escaparse por la ventana de su casa, para luego llegar al parque. Se recostaba sobre la hierba mojada y respiraba con fuerza, deseando que los aromas de aquel sitio se adhirieron a su cabello y su piel.

—Buenos días, ¿le molesta si me siento?

Un hombre joven la miraba sin dejar de sonreír. Ella se sobresaltó; no esperaba ni una sola interrupción en un momento como ese. Se tomó su tiempo para a la inesperada pregunta. El caballero no debía superar los treinta años. Era alto y fornido, con el ca-

bello tan negro como el carbón y peinado con cierto descuido. Vestía una camisa manga larga de cuadros azules y unos pantalones de tela negra ajustada. «Debe ser un oficinista; quizá uno de esos pasantes estatales», pensó, al fijarse en sus elegantes zapatos de color marrón, los cuales hacían juego con su cinturón. Su rostro le resultó muy familiar. Sentía que lo conocía de otro lugar. Le sorprendió que tuviera un raro parecido con su esposo, Fabián. «Si mi marido no fuera tan flojo, y me hubiera hecho caso cuando le dije que se inscribiera al gimnasio, tal vez se vería un poco como este agradable jovencito —se dijo, pero de inmediato descartó la posibilidad— quizá no, este muchacho es muy guapo. Fabián necesitaría una cirugía plástica, volver a nacer y además un milagro para verse como él».
—Por supuesto, adelante. —Matilde sonrió con cordialidad. Tuvo el extraño impulso de tomar su cartera para dejar un espacio al atractivo caballero, pero se sorprendió al descubrir que su bolso no estaba en ninguna parte.
—¿Todo bien? —El muchacho notó la confusión en el rostro de Matilde.
—Sí, todo bien —contestó, sin dejar de buscar con la mirada— pensé que..., bueno, debo estar un poco distraída.
—Así es la vida, ¿no lo crees? —comentó, luego de sentarse y dedicarle otra amable sonrisa— cuando somos niños sentimos que los días son interminables, y a medida que vamos creciendo, las horas se disuelven entre nuestros dedos.
—No lo había visto de esa manera. —Ella notó un olor muy familiar en aquel joven. Un aroma que le recordaba a una persona amada, pero no podía recordar su rostro.

—Mi madre solía decirme que en la vida uno no puede distraerse —indicó, con la mirada enfocada en un punto indeterminado y lejano— ella decía que la vida era corta, y que cada día era una nueva enseñanza, casi siempre destinada a indicarnos cómo aprovecharla.

—Es una mujer muy inteligente. —Se le escapó una carcajada, pensando en que ese sería el tipo de consejo que su madre le daría a ella.

—Reflexionar es importante, pero en ocasiones debemos animarnos a avanzar.

—Es fácil decirlo a hacerlo.

—¿Por qué lo dices?

—Mírate, eres joven y lleno de vitalidad —contestó— para ti, la vida apenas está comenzando.

—La vida puede terminar en un suspiro. Nadie escapa a eso.

—Mi madre murió de un infarto —coincidió ella— entiendo lo que dices.

—Lo lamento, no fue mi intención hacerte recordar eso.

—No te preocupes. Lo que dices es verdad. Tu madre es una mujer muy culta.

—Trato de no decírselo mucho —destacó el joven— no quiero que piense que no soy capaz de enfrentarme al mundo sin ella.

—Las madres no pensamos eso.

—¿Tienes hijos?

—Una pequeña.

—Me gustaría ser padre.

—Intenta vivir un poco primero, ¿quieres? —comentó Matilde—. Tu madre nunca dejará de ser tu madre. Nunca dejará de preocuparse.

—Supongo que ahí está la clave de todo —declaró— en intentar vivir.

—Vivir es el deporte más peligroso de todos. —No pudo evitar esbozar una amplia sonrisa al recordar otra de las renombradas frases de su madre.

—Déjame adivinar, ¿se trata de algún otro consejo de tu madre?

—Tenía un arsenal de frases que contar. La perdí poco después de su cumpleaños numero cincuenta y seis. Mi hija nació dos años después.

Un grito asustó a Matilde. Luego escuchó el violento frenazo de un vehículo. Sus ojos se fueron de forma instintiva hacia la carretera principal. Mas allá del camino empedrado, más allá de los límites del parque. Pudo ver la acera que se elevaba unos cinco centímetros por arriba de la carretera asfaltada. En la cuneta, antes de llegar al orificio pluvial, ahí se encontraba su bolso. Las cosas que llevaba en su interior ahora se mostraban dispersadas por un lado de la carretera y también por encima de la acera. El costoso lápiz labial que le regaló Fabián el día que celebraron su sexto aniversario, ahora permanecía quebrado, con un lado sobre la hierba y el otro en el inicio de la acera. Matilde cerró los ojos, intentando recordar lo sucedido, pero el sonido estruendoso de la ambulancia no le permitió concentrarse en los recuerdos ausentes.

Los desconcertados usuarios del parque se aglomeraron de prisa alrededor de alguien recostado sobre la carretera. Matilde se puso nerviosa. Una vez más se enfrascó en la desesperada labor de encontrar su bolso. «No. No puede estar pasando», se dijo, antes de levantarse de la banca. Ignoró la mirada inquisitiva del atractivo muchacho. Se acuclilló para mirar debajo de la banca. La vista se le nubló mientras insistía en buscar algo que sabía no encontraría en ese lugar. Volvió a incorporarse. Se forzó a mirar a lo lejos, en dirección al riachuelo. Se enfocó en la hierba mojada, rezando sigiloso para ubicar su bolso en alguna parte. Se mantuvo de espaldas al tumulto de curiosos que seguían aglomerados alrededor de los paramédicos. No iba a mirar. No quería hacerlo. Aun así, podía vislumbrar la sangre derramada sobre la calle y manchando la parte delantera de un automóvil blanco. La capota delantera del vehículo estaba hundida ahí en donde se registró el impacto. Los recuerdos empezaban a tomar forma en medio de la marejada de pensamientos e ideas confusas que revoloteaban en su cabeza.

—Toma asiento, Matilde —susurró el muchacho.

—Esto no puede estar pasando.

Matilde se llevó ambas manos al vientre. Repitió aquel gesto involuntario que solía hacer cada vez que su padre golpeaba a su madre. Se sentía de nuevo como esa niña asustada, con las manos apretadas y los labios temblorosos. Con ganas de llorar, pero sin el valor para hacerlo. Recordó que su madre le dijo en muchas ocasiones que debía de ser fuerte. «Todas las tormentas pasan», murmuró con gran dificultad su madre desde el suelo y con la quijada rota en esa ocasión. Ese día se propuso ayudar a su madre y lo hizo.

—Por favor, toma asiento —insistió el muchacho.

—¿Quién eres?

—No voy a lastimarte —aseguró él.

—¿¡Qué eres!?

—¿De verdad necesitas que te lo diga?

—Tengo una hija —suplicó, al borde de las lágrimas.

—Sabes que no depende de mí.

—Tengo un esposo que me ama.

—El mismo esposo al que sueles engañar con el hi-

jo mayor de tu vecina.
—¡No hay un día en el que no me arrepienta de eso! —gritó, ahora con las lágrimas corriendo por sus mejillas.
—Lo sé —coincidió él— te arrepentiste, y tomaste la peor de las decisiones.
—No. No he sido yo.
—No he venido a hacerte daño, por favor, no lo hagas más difícil.
—Pero tengo una hija. —Matilde se llevó las manos temblorosas al rostro—. Le prometí que estaría con ella. Le prometía que no me iría como lo hizo mi madre.
—¿Por qué te arrojaste contra ese auto?
—No. No he sido yo —insistió— no pude. No he sido yo.
—Matilde, no tiene sentido que sigas mintiendo —destacó el misterioso muchacho— en este camino no existe el espacio para las mentiras.
—Yo no haría algo como eso. Nunca dejaría sola a mi niña.
—¿Por qué lo hiciste?

Se vio a sí misma de pie frente al espejo de su baño; pensó que se trataba de un recuerdo de ese mismo día, unas horas antes de llegar al parque, pero no, se trataba de una imagen que se repetía todos los días. Una rutina que se convirtió en el eje central de toda su historia. No existía nada más, solo eso. Levantarse, caminar al baño, mirarse ante el espejo y llorar por esa madre que sufrió tanto. Bañarse, salir de la habitación. Encontrarse con Fabián en la cocina. Él siempre preparaba el desayuno. La pequeña Tatiana masticaba su cereal de forma apresurada; ese era su segundo año en la escuela primaria, y la niña disfrutaba su agitada vida estudiantil.

Ella procedía a saludar a su esposo e hija; cada día con menos ánimos. Ellos lo notaban, pero no sabían de qué forma ayudarla. Se metía en su vehículo y manejaba durante cuarenta y cinco minutos antes de llegar a su trabajo. Pasaba las siguientes ocho horas escuchando las quejas de su jefa, los chismes de sus compañeros de oficina y los insultos de los clientes. Llegaba a casa a las seis de la tarde. Fabián preparaba la cena; los tres comían algo rico, para después mirar alguna película en la televisión. Su marido también ayudaba a la niña a preparar sus deberes. Tomaba una larga ducha, continuaba lavándose los dientes, al llegar a la cama no tenía ganas de hacer nada. Quería tocar a su esposo, casi tanto como él quería tocarla a ella, pero no lo hacía. No le veía el sentido, así como no le veía el sentido a levantarse cada mañana. Dormía unas cinco horas antes de levantarse y repetir la misma rutina al día siguiente. Los fines de semana tenía un poco más de paz. En el parque podía relajarse y reflexionar.

—Estoy cansada —admitió, luego de unos largos minutos de reflexión.

—¿Quieres irte?

—Pensé que quería irme.

—Lo has pensado mejor.

—¿Puedo quedarme?

—Esa interrogante solo la puedes contestar tú —susurró— tengo la obligación de preguntar, después de todo esto, ¿aún quieres irte?

Ella miró hacia el riachuelo de nuevo. Le resultó confuso, pero al mismo tiempo pacífico. El bosque detrás del arroyo se extendía hacia el infinito. El lugar no se encontraba vacío. Vio a muchísimas personas que recorrían el inmenso terreno verde, antes de toparse con la pared boscosa de la que emanaba todo tipo de cantos y aromas agradables. Más allá, por encima del verdor intenso presente en las copas de los árboles más altos, vislumbró una cadena de montañas interminables, y más allá, un cielo azul que empezaba a teñirse de rojo, como si el día y la noche se juntaran para un último baile. Se giró para mirar en la dirección opuesta. El misterioso joven se mantuvo mirándola en todo momento.

Respiró y exhaló con una lenta calma antes de tomar asiento a un lado de su misterioso acompañante. Él se mantuvo observándola con cautela, aguardando por esa respuesta que implicaba un cambio radical en las vidas de todos los que amaban a Matilde.

Más allá del camino empedrado, cruzando la acera y llegando a la carretera, el paisaje cambiaba de manera abrupta. Un mundo caótico se extendió ante sus ojos, mostrándole a las personas que caminaban más allá de la carretera, al otro lado de los desesperados paramédicos que luchaban por mantener el funcionamiento de su corazón.

«¿Acaso nadie es feliz aquí? —se preguntó, al notar las miradas tristes, desesperadas y caóticas de los habitantes de ese mundo que se extendía más allá del parque—. ¿Por qué todo es tan difícil aquí? Luego de proteger a mamá, esperaba un mundo diferente, pero no fue así».

Las personas que se aglomeraban alrededor de su cuerpo se mostraban agitados y abrumados, pero los habitantes del parque no dejaban de sonreírle. Muchos la animaban a seguir el camino. Todos se veían verdaderamente felices de acompañarla en este nuevo gran camino. Ella recordó el momento del atropello. *«Lo iba a hacer de todos modos»*, razonó enseguida y recordó el frasco de píldoras que había escondido en la caja de zapatos a un lado de su cama. Zapatos elegantes y negros que recibió de parte de su marido durante la celebración del quinto aniversario de casados. Ahora las cosas tenían más sentido. Retrasó la decisión durante meses, no quería lastimar a Fabián ni mucho menos a Tatiana. Esa mañana, justo cuando estaba a punto de cruzar la carretera, vio al automóvil blanco. Supo que su familia lo comprendería mejor si se trataba de un accidente en lugar de un suicidio. Corrió hacia la ruta del vehículo sin pensarlo dos veces.

Se recostó contra el respaldar de la banca roja y recordó toda su vida. La primera bofetada que recibió su madre por parte de su padre, ella perdió una muela ese día. Los años de abuso y maltrato transcurrieron ante sus ojos como una película muda, hasta el día en el que ella cumplió nueve años. Su padre se encontraba ebrio, como siempre. No dudó en aprovechar la oportunidad. Su madre se hallaba en el hospital, recuperándose de una fractura en el hombro luego de la última paliza, así que, en esta ocasión no pudo detenerla. Abrió la puerta del refrigerador, tomó el paquete de seis cervezas. Sin saber si funcionaría, procedió a abrir cada una de las latas y vertió el veneno para ratas en cada una de las seis unidades. Su padre no tardó en levantarse, ni siquiera se preguntó por qué las latas estaban abiertas. No llegó a beberse la cuarta lata. Murió sobre el mullido sillón con el televisor al frente encendido, sintonizando las noticias correspondientes al turno vespertino.

«Ahora podremos ser felices», pensó, luego de que los forenses recogieron el cadáver de su padre.

Los años transcurrieron. Su madre volvió a casarse con otro golpeador. Ella no se sentía preparada para pasar por todo eso de nuevo. Vivió con su abuelo materno durante algunos años, terminó la secundaria y fue a la universidad, estudió administración de empresas y se graduó con honores. Ahí conoció a Fabián. Nunca supo si de verdad lo amaba. Le aterraba pensar que se trataba de una elección conformista. Él no se merecía algo como eso. No merecía a una mujer que no lo amara.

Luego de una severa fractura en la clavícula, cortesía de un tercer esposo golpeador, su madre al fin aprendió a valorarse. Después de algunos años alejadas, Matilde y ella lucharon por reconstruir su relación. La noticia del infarto llegó un martes por la tarde. Los doctores no le proporcionaron ese deseo de venganza que ella requería. *«Solo sucedió; esas cosas pasan»,* fue lo que le dijo un cardiólogo, luego de que ella buscara una forma de achacar la responsabilidad del infarto a los malos tratos que recibió su madre a lo largo de su vida. Demandó al último marido golpeador de su madre, pero los jueces no estuvieron de acuerdo con ella. El infarto no era consecuencia de un mal golpe, solo era algo que iba a suceder tarde o temprano. Se sorprendió de sí misma al descubrir que le era más sencillo odiar en lugar de amar. Fabián nunca la dejó sola, a pesar de que ella se había transformado en una versión femenina de su padre. No necesitaba atacar físicamente, a veces la indiferencia y las palabras golpean mucho más fuerte que un puño.

«¿Acaso estoy defectuosa? —Se hizo esa pregunta mientras se vestía con premura. El hijo de su vecina, un vigoroso muchacho de diecinueve años dormía agotado a su lado. El sexo fue salvaje e inesperado; ella dejó que él la tomara ahí, luego repitieron en el interior de su habitación—. ¿No soy capaz de amar a nadie? ¿Cómo he podido hacerle esto a mi marido? Tengo al hombre más perfecto del mundo, y aun así me siento insatisfecha».

Experimentó un profundo asco por sí misma. No volvió a ser infiel, y durante algunos años se esforzó, de verdad se esforzó mucho para amar de la forma correcta, pero seguía sintiéndose vacía. Descubrió que odiaba su trabajo. Lloró en silencio muchas veces al comprender que había desperdiciado los mejores años de su vida estudiando algo que ahora detestaba. Quería conocer el mundo. Esa era su pasión, pero entendió que ahora estaba atada. Unas ataduras que la mantendrían ligada a su esposo y a su hija. Empezó a odiarlos a los dos, y lloraba por eso, pero no podía evitarlo.

Ese día, mientras se miraba en el espejo, justo antes de irse al parque, vislumbró su inevitable futuro. Se vio firmando los papeles de divorcio. Su hija, ahora como una adolescente rebelde, la detestaba. Se vio casándose por segunda ocasión, luego por tercera y después por una cuarta. No podía amar a ninguno de los nuevos hombres porque seguía añorando la extraña seguridad que solo podía brindarle Fabián. Al envejecer presenciaba la triste decadencia de su hija Tatiana, pero en cierta forma se sentía un tanto feliz, al notar que esta, poco a poco, se iba transformando en una nueva versión de sí misma. Fabián era el único que parecía tener un final feliz en este futuro inventado, y tenía mucho sentido. Ahora que ella no estaba en su vida su exmarido por fin contaba con la oportunidad para encontrar a una buena mujer que sí lo valorara. En este triste futuro tuvo otros hijos, pero todos compartieron futuros similares a los de Tatiana. Se sentía asquerosa al pensar de esa forma, pero no podía evitar experimentar un claro alivio al ver que todos sus hijos compartían un futuro similar al suyo. Esa era la validación que necesitaba para comprender que ella no era la defectuosa.

Lloró una última vez al verse arrojada sobre una silla de ruedas, envejecida y en el interior gris de un asilo, sola. Con el atardecer reflejado en la ventana de su habitación dio su último suspiro y dejó este mundo. Su vida completa transcurrió en unos breves segundos. Mejor dicho, uno de sus posibles futuros se desenvolvió frente a sus cansados ojos. La dura, pero realista interrogante no se hizo esperar.

«¿De verdad quiero vivir esta vida?». Ese fue su último pensamiento antes del mortal golpe.

—¿Y bien? ¿Te quedas o te vas? —insistió el misterioso acompañante.

—Esa pregunta ya la he contestado, ¿no es cierto?

—No puedo decirte lo que tienes que hacer.

—Si decido ir hacia el bosque, ¿me encontraré con mi madre?

—Sí —contestó, sin ningún atisbo de duda.

—Mi padre, ¿dónde está ahora mismo?

—No hay espacio para personas como él en un lugar como este.

—Tengo una última duda.

—Si puedo, te contestaré.

—¿Quién eres?

Una sonrisa tierna invadió el rostro serio del atractivo muchacho. De nuevo, Matilde notó el increíble parecido de ese joven con su marido.

—Se supone que no debo influir en tu decisión.

—Pero ya he tomado mi decisión, ¿no? —argumentó—.

Nada de lo que digas podría cambiar mi forma de pensar.
—Soy el resultado de las probabilidades.
—¿No eres la muerte?
—Soy una parte de ella, pero al mismo tiempo soy el resultado de las opciones que no tomaste.
—Mi abuelo solía usar una loción que me recordaba mucho al olor de las naranjas.
—Matilde, se te está terminando el tiempo.
—Lo sé.
—Toma una decisión.
—Quiero entender esto primero —solicitó ella— no quiero arrepentirme.
—En ese lugar no hay espacio para el arrepentimiento.
—Estuve perdida la mayor parte de mi vida. —Matilde se levantó—. Durante mucho tiempo sentí que era incapaz de amar, hasta que me fui a vivir con mi abuelo. Siempre lo vi como un hombre que tenía que ayudarme porque era su obligación. Luego comprendí que él me ayudaba porque me amaba.
—La vida es el deporte más peligroso de todos —dijo el atractivo joven— es muy posible que tu madre aprendiera eso de él.
—La última vez que lo abracé me prometí que si llegaba a tener un hijo varón le daría su mismo nombre: Elías.
—Matilde estudió los rasgos de su acompañante por una última ocasión—. Si decido regresar, perderé a mi familia. Fabián nunca me perdonará.
—Esas son consecuencias que puedes evitar. Nadie te está obligando a regresar.
—Si me quedo, perderé cosas muy importantes. No veré a mi hija crecer, y no daré a luz a mi segundo hijo.

—Es una decisión que ya has tomado —insistió el muchacho.
—¿Debería estar asustada?
—No.
—¿Puedo darte un abrazo?
Él dudó. No dejó de mirarla en ningún momento. Se movió sobre la banca roja, pero no se levantó.
—Esa decisión también es tuya. Ya te lo dije antes. Solo soy una posibilidad. Una opción dentro de una vida que decidiste no vivir.
Matilde se detuvo sobre el camino empedrado que marcaba los límites entre el parque frondoso y la caótica carretera. Empezó a caminar, pero antes le dedicó una última mirada al muchacho, este le sonrió una vez más. Ella cerró los ojos y avanzó. El Sonido de la carretera se volvió más caótico a cada paso que daba. Escuchó la risa de su madre y volvió a sentir el olor de la loción de su abuelo. Al abrir los ojos, ya estaba del otro lado.

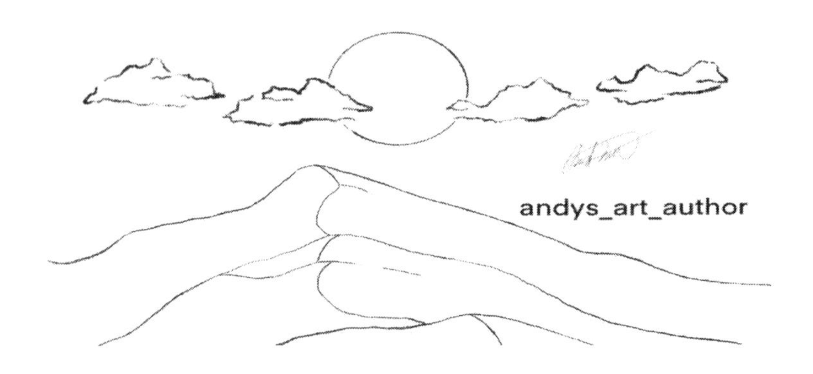

El Extraño caso MANS

Recuerdo aquella vez que nos reunieron a todo el grupo de ingeniería para notificarnos que el nuevo sistema de monitoreo MANS (Monitoreo Automático No Supervisado) podía hacer el trabajo de los seis ingenieros que estábamos en el departamento. Era el sistema de inteligencia artificial más completo para monitoreo de redes y eventos cibernéticos. No solo monitoreaba, sino que también era capaz de crear un ticket, buscar una posible solución, remediar o aplicar correctivos y si todo lo anterior no era efectivo se comunicaría con un agente especializado para escalar los problemas. Solo dos permaneceríamos en el equipo local y el resto sería enviado a otra sucursal para otros trabajos. En ese escenario, recuerdo que pensé que la opción que me era más cómoda era ir a la otra sucursal porque estaba ubicada mi pueblo natal y allí sí me sentiría cómodo. Con mi buena o tal vez mala suerte, me gané uno de los dos puestos para avanzar al siguiente nivel, lo que significó un poco más de dinero, pero muchas más funciones. Además, debía leer los informes de MANS sobre todas las tareas que anteriormente mis colegas y yo desempeñamos.

Nunca imaginé que me citarían aquí hoy, con todos mis antiguos compañeros para determinar: *¿Por qué el sistema deja de funcionar diariamente a las 5:00 am?*

El gerente de innovación y desarrollo artificial, Julio Cruz inició la reunión diciendo:
—Aún no hemos determinado por qué el sistema presenta desconexiones diarias desde las 5:00 am hasta las 5:10 am. El sistema se ha autoevaluado y a la única conclusión que llegó es que la desconexión se da por falta de energía.
—El sistema se apaga —dijo Daniel de nuestro grupo.
—En efecto —replicó el gerente Armando Frías que era el encargado de infraestructura. Inmediatamente continuó:
—El sistema se apaga, pero no hemos descartado problemas energéticos en el edificio, ni tampoco en el banco de baterías de respaldo. Ningún otro equipo se apaga, solo MANS.
—Debe ser una rutina que genera una interrupción del sistema, para protegerse MANS se apaga. —dijo Yulisa nuestra bella compañera.
—Si no es eso, debe ser un problema de temperatura —agregó Ismael también del grupo.
—Ambos casos fueron analizados. Instalamos sensores de temperatura inteligentes en todo el edificio y los sincronizamos con MANS. Todos los datos confirman que no hay problemas de temperatura —dijo Armando.
—El caso lo elevamos al fabricante para que depurara el código del sistema. La respuesta fue que el sistema era óptimo, no tenía "bugs", ni tiene rutinas que lo lleven a apagarse.

Quizás por un reflejo o quizás porque yo sufro del síndrome del pendejo, ese síndrome que no es más que reírte inoportunamente o pensar en voz alta cuando menos lo necesitas, porque esas ocasiones no pasan desapercibidas, mientras todos estaban

en el problema, yo sin querer solté una carcajada. Julio que estaba claramente corto de paciencia, debido a que este tema tenía ya un par de meses y aún no se solucionaba, con bastante furor me preguntó:
—¿Le parece gracioso, Esteban?
Sentí que me estaban apuntando con un arma, que ya la tenía en la sien y que me iban a disparar. Pero me calmé y respondí:
—No fue mi intención, solo me pareció gracioso que el sistema que nos reemplazó ahora nos necesita.

El silencio que siguió fue abrumador, el aleteo de un mosquito podría causar un torbellino en semejante vacío. Ya estaba resignado ahora iba a volver a mi pueblo, pero desempleado por boca floja y chistoso, pero Armando que era amigo mío desde la época de la escuela y Daniel que había iniciado conmigo en la compañía rompieron el silencio:
—Enfoquemos los esfuerzos en la situación que tenemos. Sabemos que no hay problemas de temperatura, rutinas del sistema, ni problemas de energía eléctrica, que más puede estar pasando —dijo Armando, seguido rápidamente por Daniel que me volvió a meter al juego.
—¿Qué se te ocurre Esteban, tú siempre tienes buenas ideas?
Nuevamente todos me miraban, entonces dije la primera tontería que me vino a la mente:
—Hay que observar a las 5:00 am, lo que ocurre en el sistema directamente en los servidores principales. Otra vez todos se quedaron mudos, hasta que Julio exclamó.
—¡Usted parece tonto, pero es brillante!
— Esta noche todos esperaremos hasta las 5:00 am

a ver qué es lo que ocurre con el sistema.

El cuarto de servidores se encontraba en la planta baja, allí habíamos trabajado por años hasta que MANS nos desplazó. Los 6 nos habíamos turnado para analizar la situación, hasta las 4:45 am no había ocurrido nada, a esa hora Daniel vio que encendieron la luz del corredor, fue a ver qué ocurría y se encontró con Melissa, la amable señora de limpieza que había reemplazado a la encargada anterior Minerva, que nos conocía a todos. Minerva se había jubilado dejando la vacante.

Melissa por su parte no nos conocía, pero era del mismo pueblo que yo, llegaba súper temprano porque estaba acostumbrada a madrugar, el tráfico hasta la ciudad era complicado.
Llegó el momento, las 5:00 am y todos esperábamos ver que ocurría, el sistema estaba corriendo perfectamente, no había ninguna rutina, ni tareas de congestión, todo estaba bien. La temperatura más que ideal, el fluido eléctrico del edificio y del banco de baterías en perfecto estado.

Todos nos mirábamos las caras ante la mirada de Melissa que esperaba que saliéramos para poder iniciar sus labores. Por primera vez en meses el sistema no se apagó a las 5:00 am, nadie sabía que había pasado. A las 7:00 am decidimos retirarnos. Justo al momento de salir, llega una notificación al celular de Julio, el sistema se había desconectado nuevamente. Todos volteamos rápidamente y al entrar al cuarto de servidores, solo observamos como Melissa volvía a conectar el cable de energía de los servidores de MANS. Diariamente los desconectaba para poder pasar la escoba por el rincón más oscuro del cuarto de servidores, no había ningún rincón que ella dejaría sin limpiar, aunque fuera necesario desconectar un cable por algunos minutos.

¡Corre!

Estaba lloviendo a cántaros, tomó un taxi a la casa de Osvaldo, ella lo necesitaba más que a nadie en estos momentos, necesitaba un abrazo de ese hombre del que estaba enamorada.

De camino, en el taxi llorando desconsoladamente, pensaba en el fallecimiento de su padre, ese hombre que hace 26 años se había hecho cargo de ella, él la había criado solo. No tenía familiares a quien recurrir, eso su padre era un gran profesional, tenía una empresa, por la cual se desvivía. Osvaldo llegó a su vida hace dos años, al mismo tiempo que a su padre le diagnosticaron cáncer y aunque no tenían una relación estable, Osvaldo siempre la apoyaba y a veces ella dormía en su casa, sentía que era algo más que un "acostón", Tatiana pensaba debía ser algo bien, no salía con más nadie y él la hacía sentir especial a su manera.

El conductor del taxi estaba muy preocupado, le decía: - señorita, ¿está bien?, y ella lo escuchaba, pero solo decía: - Llévame a la dirección, por favor.
- Sí señorita, pero ¿está usted bien? ¿Necesita que la espere?, - No.
Llegó, pagó y me bajó del taxi, sus zapatos estaban empapados, abrió la cerca. Los perros la recibieron eran hermosos, la querían mucho y ella a ellos.

Osvaldo era un hombre de contextura delgada, cabellos negros, con el 60% de su cuerpo tatuado, extremadamente simpático y, además, buena persona, muy inteligente, estaba estudiando para ser mecánico de aviación.

Al fin lo ve, y con voz de enojado le dice: - Tatiana, ¿Qué haces aquí?, no quedamos en que venías, te había dicho que esta semana estaba ocupado. - Mi padre ha fallecido. - Lamento mucho tu pérdida, mi querida amiga. su tono la dejó helada, ¿Qué estaba pasando?, lo miró con extrañeza y en ese momento salió de su habitación una mujer en ropa de dormir, tipo lencería.

Tatiana se ahogó en un suspiro, pero tomó valor de donde no tenía y no explotó. En ese momento no podía creer lo que estaba viendo, ella le dijo: -Mucho gusto soy Olivia, la novia de Osvaldo-, se quedó callada, helada, estupefacta, se le hacía muy difícil manejar esa situación. Osvaldo estaba pálido, les pidió disculpas por haber interrumpido y les dijo que se retiraba enseguida, ella le dijo: -Siento mucho el tema de tu padre-, ella nerviosa y con ganas de llorar aún más, le contestó: -Gracias, pero me tengo que ir-.

Osvaldo no dijo ni una sola palabra.

En el momento que la incomodidad tocó su orgullo, no recordó que estaba lloviendo pero no le importó y empezó a caminar hasta su casa, pensó que eran varios kilómetros para pensar y llorar sola.

Ese día se había puesto unos tacones muy altos ya que quería verse linda para una reunión en la mañana con un joven que al parecer estaba muy interesado en asociarse con la empresa de su padre. Los zapatos la tenían cansadísima, mientras caminaba y sollozaba, no miró al cruzar la calle y el frenazo de un auto le hizo saltar. Un tipo en medio de este aguacero alcanzó a frenar y bajó el vidrio para saber si ella estaba bien, pensó que lo real era que en ese momento hubiera preferido ser atropellada, pero le pidió disculpas, mientras hacía una mueca y siguió su camino, continuaba lloviendo muy fuerte, pero no había viento, era un día muy triste para ella y el clima lo entendía.

Pensaba en su padre, en lo triste que iba a ser su vida sin él, aunque ya habían tenido la conversación de "cuando yo me vaya", pero aun así, ella nunca lo había pensado más allá de las palabras, no tenía más familia que él, no podría saber que hacer o si lo sabía, pero no quería hacer nada sin él. Ahora solo le quedaba su nana, no es familia de sangre, pero es como si lo fuera, ella era parte de nuestra vida.

En medio de la caminata, su celular sonaba, pero no quería contestar, necesitaba un espacio para ella sola. Sabía que su nana se iba a preocupar, pero necesitaba su espacio. Se fijó en la hora y ya habían pasado una hora y media, la calle que tomó tenía pocos transeúntes y no pasaban casi autos, ya la lluvia había cesado, pero seguía nublado, su celular sonó nuevamente, se le cayó la cartera y justo cuando se inclinó a recogerla, se dio cuenta de que el carro que casi le atropella la seguía, su pulso se aceleró y sintió mucho miedo, ¿por qué me está siguiendo?, se preguntó. Empezó a caminar más rápido, se alejaba un poco del carro, pero cuando miraba hacia atrás se daba cuenta de que estaba más cerca, no podía caminar más rápido por los tacones, se arrodilló y se los quitó, le dolía y ardía la planta de mi pie derecho, supuso que por caminar tanto tiempo con esos zapatos de tacón. Miró hacia atrás nuevamente y el tipo no se iba, le dijo a sus adentros: *"este tipo me está persiguiendo"*, estaba aterrada y empezó a correr más rápido, el piso tenía limo de las plantas en la acera y a medida que ella caminaba e intentaba correr se resbalaba, no podía sujetarse más, pero tampoco podía detenerse, por un momento ella no entendía qué estaba pasando, pero le dolía todo el cuerpo, miró al carro y el tipo se bajó, caminó hacia ella, comenzó a sentir ansiedad, hiperventilar, se sintió débil, su mente se imaginó distintas situaciones y cayó.

La Historia que se repite

Le costaba abrir los ojos, sentía que su corazón se acelera, cada vez más, algo le impedía moverse y gritar. Trató de mover sus piernas, pero no logró conseguir fuerzas para ello, cerró los ojos e impulsó su cuerpo hacia delante para poder moverse, pero sus intentos fueron inútiles, procuró estar en calma y no funcionó, su corazón estaba galopando a una velocidad incomprensible, empezó a sentir agitación y continuó hiperventilando, me faltaba aire, pero al mismo tiempo tenía demasiado. Su cabeza daba vueltas, no se podía mover, por más veces que lo intentaba, se convertía en una sensación la cual nunca había imaginado, ni en sus pensamientos intrusivos, la posibilidad de tener dominio de su cuerpo era baja y por un momento se sintió derrotada.

Al pasar las horas escuchó pasos, sonaban demasiado fuerte, como si le pisaran los oídos, solo le escuchaba decirle: *"Todo estará bien, yo te cuidaré"*.

Ella empezó a llorar, la respiración la sintió aún más cerca, sus manos las colocó en su mandíbula y con sus dedos abrió su boca y le dio algo para beber, el líquido se sintió bien en su garganta, ella solo sentía como él, un hombre al que no conocía invadía su espacio personal. Por unos minutos el ritmo cardíaco de ella aumentó, los labios de él, se arrastraban desde su oreja hasta la mejilla donde se detuvo y luego sus labios se remolcaron sobre su cuello, intentó hablar, se le escapó un suspiro, estaba adolorida y nerviosa, mientras los labios del raptor se deslizaban hacia la parte superior de su rostro, se acomodan en su frente y luego sentía como su alma se retorcía.

Amanda Valdivieso era una mujer de cabello rubio, ojos cafés, su estatura era de 1.68 metros, una modelo para muchos, detestable para otros. Su jovialidad quizás no era bien criticada por sus enemigos o como les decía ella: *"haters"*. Ellos decían que había algo extraño con ella, *"nadie puede ser tan bueno en esta vida"*, comentó uno de los entrevistados.

De lo único que tenía la culpa Amanda era de ser mujer, de encontrarse con la persona equivocada en el momento errado.

El suceso era incomprendido por por las autoridades, los investigadores todavía no llegaban a comprender este horrible hecho, la atrocidad de cómo había sido asesinada era inimaginable, seguramente el asesino se trataba de un animal porque las ropas de esa mujer fueron encontradas debajo de un puente rasgadas y su cuerpo maniatado entre sangre y moretones, pero también el cuerpo se encontraba desmembrado de las caderas hacia abajo, la policía pensaba que tal vez la secuestraron, ella logró escapar, se encontró con un animal en el camino y fue su fin.

Pacto Fraternal

Son muchas las razones por las que una familia decide irse a vivir a la zona más peligrosa del país, pero entre ellas la más obvia es porque es el único lugar donde pueden conseguir un apartamento a bajo costo con el espacio que necesitan. Este es el caso de la familia Marquez, agobiados en deudas escaparon al rincón más alejado de la ciudad, el lado oeste, el maldito lado oeste donde pasan toda clase de incidentes, robos, asesinatos, incendios, de todo, todas las fechorías habidas y por haber ocurren en este lado de la ciudad. Algunas personas han llegado a decir que esa área está maldita, incluso hay rumores de que hay un demonio que habita en una torre de apartamentos en el último rincón de ese desdichado lugar. Justamente, a esa torre de apartamentos se mudó la familia Marquez, la Torre B de Cascadía, un proyecto que prometía mucho hace unos 20 años y que no quedó en nada. En los primeros 5, todos los inquilinos originales abandonaron el lugar ya que el gobierno decidió reubicar a las personas afectadas por siniestros, inundaciones y otros problemas en las construcciones aledañas, pero deliberadamente colocaron a todos los busca problemas en el mismo sitio, incluso pandillas rivales. Como era de esperarse el territorio se volvió *"tierra de nadie"* y las pocas personas que habían llegado con buena intención no les quedó otra que marcharse para salvar sus vidas.

David Marquez, líder de la familia, sabia todos estos problemas que aquejan a su nuevo hogar, pero perdió su hipoteca luego de que lo botaron del trabajo, apenas tenía para que su hija de 14 y su hijo de 2 comieran, él y su esposa pasaban hambre sin dudarlo, pero no permitiría que sus hijos pernoctar en la calle así que se jugó el todo en un apartamento de 2 recamaras, el apartamento 13 en la Torre B de Cascadia.
—Lograremos salir adelante, con mi taxi trabajaré hasta que nos recuperemos y volvamos a casa —decía David a su esposa Sara.
—Tenemos que darle prioridad a la escuela de Micaela, no quiero que pierda el año
—Lo sé, lo haremos, vamos a salir adelante.
—No se preocupen yo puedo estudiar en casa —dijo Mariela, una niña rubia que era muy bonita e inteligente, a sus 14 años ya tenía conocimiento avanzado en lenguas y matemáticas, tenía un futuro brillante, pero se vio truncado por los problemas económicos de su familia.
La primera noche todos estaban durmiendo en el mismo cuarto, cuando se escuchaban unos pasos caminando por la sala.
—¿Qué es eso? —preguntó Sara.
—Mamá hay algo caminando por la sala —dijo Mariela.
—David, alguien se metió al apartamento hay alguien caminando por toda la sala —decía Sara tratando de despertar a su esposo.
—No molestes, no es nada, ya duérmanse—respondió David.

De repente no solo se escuchaban los pasos, sino también se escuchaban rasguños, como un animal que rasguñaba las cajas y los muebles que la familia tenia en la sala, el sonido era aterrador. Mariela y su madre estaban aterradas, hasta que de pronto, se escuchó el llanto feroz de Harry el menor de los Márquez que a sus 2 años sentía la presencia de algo paranormal en aquella sala. David seguía dormido y no daba señales de vida. Los pasos cambiaron de dirección se dirigían hacia la puerta del cuarto, Mariela, Sara y el pequeño Harry lloraban sin parar cuando el sonido de que la puerta se abría se hizo presente el grito finalmente despertó a David que de un brinco quedó parado frente a la cama, rápidamente encendió las luces y se percató que no había nadie allí. Salió del cuarto y encontró todos los muebles y cajas en su lugar, todo acomodado como ellos lo habían dejado, sin marcas ni rastros de alguna persona o animal caminando por la sala. Volvió al cuarto y se acostó a dormir. A petición de su esposa y sus hijos dejó la luz encendida todo lo que quedaba de la madrugada, eran exactamente las 2 am. Sara y Mariela no podían dormir del miedo y pasaron hasta las 6 am cuando finalmente salió el sol. David se acomodó lo más pronto posible y se fue a trabajar, pero antes de salir discutió con Sara.

—Sara amor te digo que no había nada anoche en la sala, fue solo tu imaginación.

—Mi imaginación y la de los niños, por Dios David, hay algo aquí, Harry se iba a morir de llorar y Mariela y yo lo sentíamos.

—No pasa nada, se que es un lugar complicado pero los nervios les traicionaron, vas a ver que esta noche todo será mejor.

—David, si algo les pasa a mis hijos te aseguro que

te mato —respondió Sara que estaba bastante alterada.

David se fue a trabajar y dejó atrás esos problemas para ir a tratar de ganar algunos dólares para la comida del día, eran tiempos difíciles y había que buscar la oportunidad, nada vendría solo.

En casa, Mariela estaba muy preocupada, ella notó que el comportamiento de lo que sea que estaba afuera del cuarto cambió al momento que Harry empezó a llorar, en ese momento se dirigió hacia el cuarto. Esto preocupaba a Mariela mucho ya que ella amaba a su hermano y no permitiría que nada la alejara de ella. Todo el día invirtió en investigar en internet en situaciones similares y lo que encontró le preocupó mucho. Una pista la llevó a ir al sótano eléctrico en el punto más oscuro del edificio, lo que leyó en internet le indicaba que lo que buscaba siempre estaría en el área más oscura y así era. Abrió la puerta y al fondo de aquel cuarto vio los ojos amarillos que le provocaron un escalofrío tremendo, su cuerpo se sintió pesado, la respiración le comenzó a faltar, mientras el frio que sentía crecía en cada momento su cuerpo empezaba a paralizarse, los ojos amarillos se veían cada vez más grandes y aterradores, como pudo volteó para huir de ese sitio cuando escuchó:

—No te vas a ir, si apenas acabas de llegar.

—¿Qué eres? —dijo Mariela que rompió en llanto.

—Soy eso que piensas que soy —dijo la figura que caminó hacia Mariela y su cuerpo fue tomando aspecto, una especie animal de piel negra, grandes patas delanteras con garras largas, mientras que en las patas traseras parecían piernas delgadas de una persona, podía caminar en 4 patas y al momento de

acercarse a Mariela, se colocó sobre sus patas traseras, como una persona su tamaño era cerca de 3 metros. Acercó su boca a Mariela y le susurró:
—Soy el demonio Tndu, me alimento de las malas personas como el desdichado aquel —señaló hacia el fondo del cuarto eléctrico donde reposaba el cadáver sin vida de hombre justo en el lugar donde Mariela vio emerger esos ojos amarillos.
—Si te alimentas de las malas personas, ¿qué hacías en mi casa ayer? mi familia no es mala.
—Los demonios como yo solo pueden poseer cuerpos inocentes e incapaces de resistir una posesión— estas palabras preocuparon a Mariela, ella sabía que los adultos no aceptarían una posesión, ella tampoco lo haría, entonces.
—No vas a poseer a nadie de mi familia.
—Sí lo haré, y tú sabes a quien —sonrió macabramente con sus enormes dientes el demonio que desapareció ante los ojos de Mariela.

Rápidamente salió del cuarto eléctrico solo para percatarse que el tiempo había pasado muy rápido, lo que ella le pareció menos de un minuto, realmente fueron horas, ya era de noche, las 8 de la noche para ser exactos. 12 horas después que salió de casa. Subió las escaleras a toda velocidad hasta su apartamento para llegar justo en el momento que su madre estaba desmayada y su hermanito colgaba de las garras del demonio.

El demonio estaba esperando a Mariela porque había algo que no le había contado, solo podía poseer a alguien inocente, pero su receptáculo tenía que darle autorización para tomar su cuerpo, así que su hermano no era el objetivo real del demonio, sino Mariela:
—Lo devoraré si no haces algo pequeña niña.

—Deja a mi hermano, te lo ruego —respondió en llanto Mariela.
—¿Estás dispuesta a cambiar de lugar con él?
—Sí, 1000 veces.
—¿Aceptas que tome tu cuerpo?
—Solo con una condición, no debes lastimar a mi hermano por ningún motivo.
Apenas Mariela dejó de hablar el demonio tomó posesión de su cuerpo, ella sentía como una oscuridad cubría su ser, la piel se volvía fría ante la inevitable muerte y su corazón latía tremendamente rápido. Sus ojos empezaron a tomar el color amarillo de su huésped, aunque sus piernas y brazos no sufrieron cambios. Con su último aliento Mariela observaba por última vez a su pequeño hermano que lloraba impotente ante esta situación desconocida.

Aproximadamente a las 12 media noche, David llegó a casa solo para encontrar el área acordonada. Policías por todas partes, algo terrible había pasado. Aproximadamente a las 10 pm, hubo una carnicería en la torre B de Cascadia, todos los residentes fueron mutilados y decapitados, exactamente todos, no hubo ningún sobreviviente así le informaba la Policía. David llegó corriendo a buscar a su familia y solo pudo ver el cadáver de su esposa que lo tenían tapado porque había sido apuñalada 10 veces. No tuvo fuerzas para ver a sus hijos igual o peor que su mujer por lo que se montó en su taxi y manejó lo más lejos que pudo de aquel lugar. El sitio fue clausurado y las autoridades tomaron casi un mes en recopilar y revisar todos los rincones de ese edificio. El reporte final del caso detallaba que dos niños fueron encontrados sobrevivientes en el cuarto eléctrico vivían allí comiendo carne humana, el niño de 2 años estaba enfermo y desnutrido, pero la niña de 14 años, estaba en perfecto estado, solamente tenía un detalle extraño, sus ojos eran amarillos.

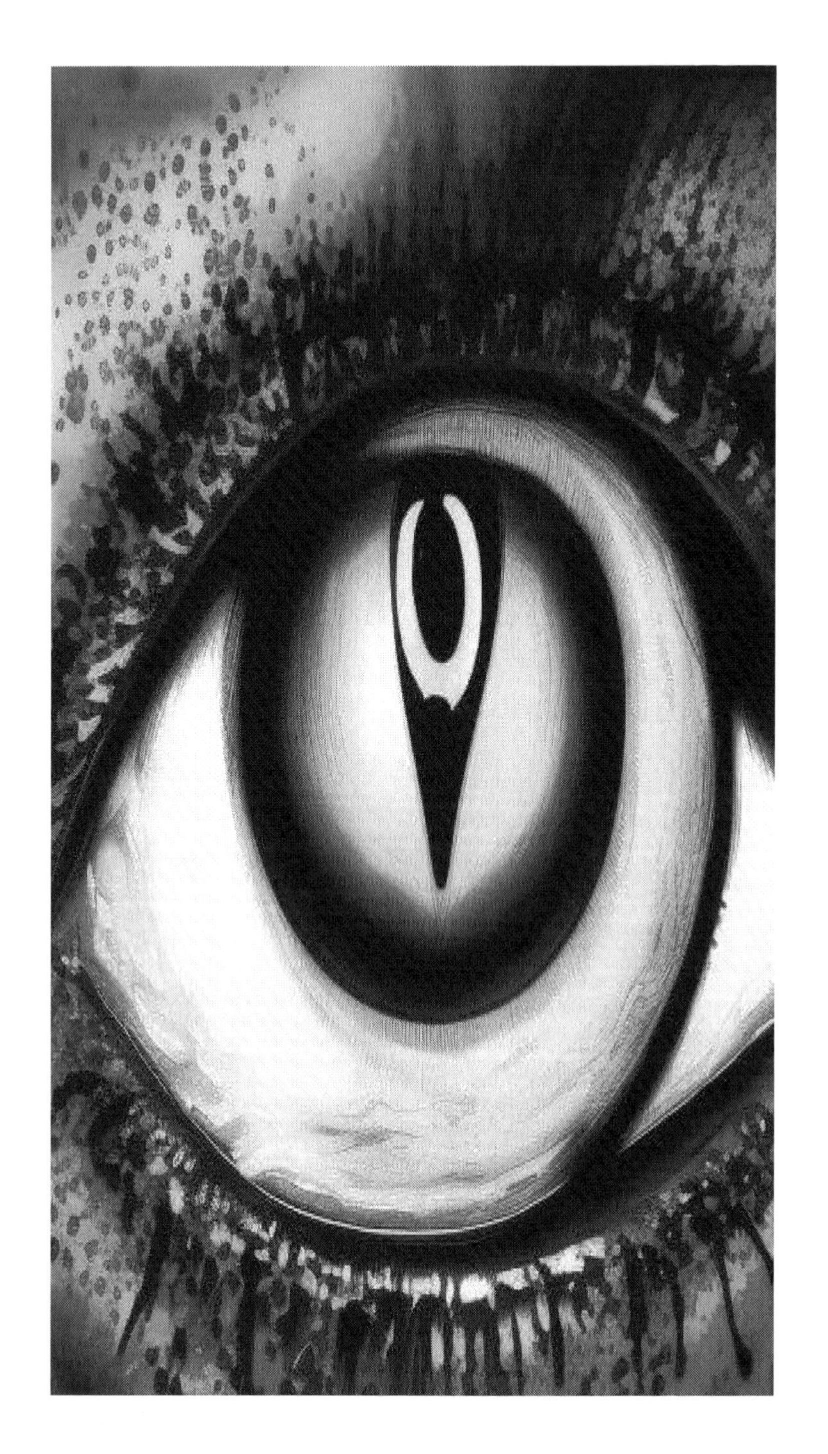

Día de trabajo caótico

La mañana del 14 de enero de 2016, cambió la vida de Mónica. Fue un día en el cual Mónica estaba motivada, llegó a buena hora a su oficina, desayunó un delicioso emparedado de hojaldre con queso amarillo y un jugo de melocotón el cual era su favorito, toda la mañana transcurría regular, tenía mucho trabajo como de costumbre, además del pésimo ambiente laboral, pero a pesar de todo ella seguía positiva en que ese 14 de enero sería espectacular.

El señor Antonio y el licenciado Miguel se acercaron a hablar sobre el juego de fútbol, Mónica comenta que no quiere sufrir más por la selección de su país y que ella no va a ir al estadio y mucho menos a ver el juego, les dijo que a lo mejor se iba a tomar unas cervezas con unos amigos, después de su cita médica que tanto le había costado conseguir. perder, porque es muy importante y éste le comenta que no se preocupe que ellos le dan una constancia, para que pueda poner su cita para otro día.

Continuaron conversando y a continuación, recibió una llamada de recepción y por medio de ésta le confirman que la busca el personal de la Corte Suprema de Justicia y que necesitan hablar con ella, pensó en que tal vez sería una nota oficial, sin pendiente sin respuesta.

Cuando llegó a la recepción todos la observan con mucha lástima, en ese momento le entregan la mitad de una página con la nota en la cual decía que había sido escogida para ser JURADO DE CONCIENCIA en una AUDIENCIA de TENTATIVA DE HOMICIDIO asignada para el día 14 de enero, en horas de la tarde. Mónica asombrada le comenta al joven, que ella tiene una cita médica que no puede perder, porque es muy importante y éste le comenta que no se preocupe que ellos le dan una constancia, para que pueda poner su cita para otro día.

-¿Tengo que irme ya?, -sin querer Mónica alzó su voz.

El joven un tanto apenado, ya que ese sólo es su trabajo, le contesta que *"si"*, en eso Mónica vuelve a respirar profundo para calmar el ataque de ansiedad que estaba a punto de tener y contestó:

-Está bien, iré al baño y a buscar mis pertenencias.

Mónica fue al tocador y soltó un mar de lágrimas, ya que la idea de ser jurado de conciencia la mataba de miedo y ansiedad. Ella había escuchado muchas historias aterradoras y en este caso como la audiencia era TENTATIVA DE HOMICIDIO, eso la alteró aún más. Tomó una de sus gomitas con sabor a fresas para el estrés, se maquilló, rezó y se dijo a sí misma que todo iba a salir bien. En cuanto salió se encontraba el Lic. Reyes del Órgano Judicial, acompañado de un compañero de trabajo de Mónica, que también había sido elegido.

Ella pensó: *"Este muchacho no pasa de los 25 años, si yo estoy nerviosa no me imagino cómo debe sentirse él"*. Le preguntó su nombre, le dijo que se llamaba Armando, tenía 23 años y en ese momento, Mónica confirmó sus sospechas, él estaba asustado, su voz temblaba y sus manos sudaban.

En pocos minutos, suben los dos al autobús, el cual estaba destartalado y olía a excremento seco de vaca de hace días. Mónica no se quejó, se sentó en el primer puesto y justo detrás de ella se sentó Armando. A pocos minutos de haberse subido el chofer les saluda y les confirma que van a recoger a otros jurados porque son 8 las personas elegidas. Mientras se encontraban en el tráfico Mónica empezó a preguntar cada cosa que se le ocurriera.
– ¿A qué hora comienza la Audiencia?
El chofer le contesta que a eso de las 2:30 pm.
– ¿Por qué nos buscan tan temprano?
-Porque su ubicación nos queda más cerca y nos gusta estar a tiempo. Son en total ocho personas.
– ¿Cuántas horas demora la audiencia?
El señor le respondió que no se preocupara que a lo mejor sólo demoraría un día y que quizás a las 8:00 de la noche ya estarían de regreso y le confirmó que él, los tenía que llevar hasta la puerta de su casa.
Mónica abrió los ojos y preguntó:
– ¿UN DÍA?, o sea que, ¿puede durar dos?
-Puede durar una semana, pero ya sería en el peor de los casos.
-Y, ¿Dónde dormiremos, si eso sucede?
El señor, cansado de sus preguntas y asedios le contestó: -En un hotel, pero ya no se preocupe que es un caso fácil, discúlpeme, tengo que hacer una llamada.

Detuvo el bus en otra institución donde íbamos a buscar a dos jurados más caminar en círculos con el teléfono en la oreja.

Mónica bajó la cabeza y se puso a escribir mensajes de textos a sus amigos y familiares. Le escribió a su madre, la señora Lucía y ésta le trató de dar ánimos, que no se preocupara que iba a salir rápido de esa situación, le explicó que eso era parte de trabajar para el estado.

El bus siguió su curso y realizó 2 paradas más, en cada parada se añadieron dos personas y al terminar ya estaban las ocho. El chofer tomó rumbo y les anunció que pronto llegarían a las instalaciones del Órgano de Justicia.

Mónica empezaba a sentir ganas de vomitar por la ansiedad que le generaba llegar a ese lugar. A solo segundos después llegar a ese lugar. A solo segundos después de ese malestar, le resonaron los oídos al escuchar un estruendo en el vidrio de la ventana del conductor. Cerró los ojos y cuando los abrió nuevamente, Armando le gritaba que se agachara, pero ella estaba estática, su rostro y atención yacía en la cabeza rellena de balas del conductor, ese señor al que le había hablado hace unos minutos.

No se movía, estaba conmocionada, la impresión y el sofoco del momento no la dejaba entender que pasaba, ella se acostó en el asiento y Armando la cargó en brazos, notó que sus signos vitales eran escasos, le habló y ella le decía que tenía mucho frío, pero que no sabía por qué, la adrenalina no la dejaba sufrir por aquella bala perdida.

Verdugo

Lineth miró su reflejo en la ventanilla. La jovencita negra, cachetona y de ojos saltones que le devolvía la mirada no parecía notar la molesta aglomeración de personas sudorosas y escandalosas a su alrededor. Sus compañeras ingresaron al vagón al mismo tiempo que ella, acompañadas por el típico bullicio del mediodía.

La anhelada hora de salida de los alegres adolescentes hormonales colisionó sin remedio con la ajetreada hora de almuerzo de los depresivos adultos. Los extraños pasajeros compartían una sola cosa en común: sus dispositivos celulares. Las esbeltas jovencitas, por lo general, obsesionadas con las calorías, ahora subían y bajaban sus huesudos dedos de manera frenética sobre las diversas pantallas táctiles, pendientes al más reciente chisme que ocupaba la sección de tendencia en las últimas horas.

Lineth dejó de mirar su reflejo, anticipándose a la molesta propaganda política dispuesta a lo largo de la estación. El vagón empezaba a moverse. «¿Cómo es que nadie ha dicho nada sobre eso?» —se preguntó; mientras recordaba la indignación de su madre luego de escuchar, por accidente, una de esas populares canciones pop del momento—. por culpa de esa estúpida canción. ¡Ni siquiera la estaba escuchando!».

Desvió la mirada hasta toparse con el hermoso rostro de Elena, su compañera de aula. Le sorprendió verla con esa mirada de absoluta fascinación. La atractiva Elena no era como ninguna de sus otras compañeras. Según los rumores, su madre es alemana y su padre nació en Australia, aunque él vivió toda su vida en Londres. Los llamativos rasgos extranjeros de su compañera, ojos verdes y brillantes, al igual que su piel pálida y suave, sobresalen notablemente. En medio de esa multitud de gente malhumorada, escandalosa y egoísta, sus miradas se conectaron. Lineth se sonrojó y de inmediato dio un rápido giro de medio lado, buscando la manera más elegante de disimular su extraña fascinación. El ruido del vagón la liberó de los pensamientos que la aquejaban en ese instante, devolviéndole a la triste realidad de su mundo.
«Maldición. Odio esos malditos carteles —pensó— no puedo mirarlos, ¿cómo hacen los demás para ignorarlos?».

El vagón apresuró su marcha. Aún seguía en la estación subterránea, correspondiente a la línea dos del transporte público. Los azulejos inmaculados pasaron uno tras otro, luego una banca de hierro aseada con mucho esmero, y luego otra en similares condiciones, hasta llegar al habitáculo de cristal destinado a funcionar como único ascensor en aquella zona. Justo después de aquel recinto, se encontraba el llamativo rectángulo con luces brillantes en sus bordes. Una estrategia magnífica para llamar la atención de cualquier pasajero distraído; tan buena era la publicidad, que Lineth luchaba todos los días, para no mirar las horrendas propagandas gubernamentales repartidas en todas las estaciones del metro. Hizo un esfuerzo para mirar en otra dirección, pero ya era demasiado tarde. El ostentoso título de la propaganda rezaba lo mismo que se colocaba en las otras publicidades: «¡Están entre nosotros! Denuncia, antes de que sea demasiado tarde». Debajo del título se presentaba una imagen propia de las más temibles pesadillas: una familia típica, conformada por la madre, el padre y una niña pequeña, pero la pequeña padecía los terribles efectos de la mutación verdugo. Desde la cabeza hasta la graciosa falda rosada, la niña se veía como cualquier otra, pero sus piernas no eran humanas. La mutación le generó un grotesco efecto que recubrió sus muslos con hileras de espinas verdes que ascendían hasta perderse en el interior de la falda. El resto de sus piernas mostraba los terribles efectos de la espuria mezcla entre la genética humana y la de los insectos.

Lineth no necesitaba que ningún doctor se lo dijera, vio cientos de ataques a través de las redes sociales. Las personas afectadas por la mutación verdugo adquirían una fuerza incomparable. La niña de esa publicidad podía partir en dos el cuerpo de su padre con una sola patada. Esas patas, similares a las de un grillo gigante, le facilitarían saltar grandes distancias, incluso podía aplastar a su madre antes de irse. Las pantorrillas de la extraña niña desaparecían para fusionarse con un grotesco exoesqueleto que combinaba los tobillos y las patas en una sola sección, para luego dar paso a unos gruesos dedos que culminaban en alargadas garras negras.

—No me digas que eres ese tipo de chica. —Elena se acercó a ella, sorprendiéndome en medio de sus complicadas reflexiones.

—¿Ese tipo de chica? —Lineth trató de que su interrogante adoptara un tono más indiferente, pero un chillido nervioso en su voz generó el efecto contrario.
—Te vi mirando a esa niña mutada. —Elena ignoró el vergonzoso chillido.
«Hay demasiada gente en este vagón —pensó Lineth, mientras se esforzaba por marcar una distancia saludable entre ella y la seductora Elena—. Me estoy poniendo roja; siento como si ella fuera a escuchar los latidos de mi corazón en cualquier instante».
—Ah…, bueno —titubeó— no creo que la gente los encuentre muy atractivos.
—No me refería a eso —aclaró Elena—, eres la más silenciosa del salón.
—¿Por eso asumiste que me gustaban los mutados?
—Una conclusión increíblemente estúpida, ¿verdad?
Lineth notó que Elena también se encontraba nerviosa. De alguna forma eso la hizo sentirse un poco mejor.
—Pues, sí es un poco tonto —comentó Lineth, antes de reírse— aquellos que fueron afectados por la mutación verdugo son todo, menos atractivos.
—Te molestan esos carteles, ¿verdad?
—Dime que no soy la única que tiene pesadillas por culpa de eso.
—No lo eres —confirmó Elena— es más, si alguien me lo preguntara, diría que la gente del gobierno se esfuerza por colocar las imágenes más grotescas que encuentran. Hasta mi primo tuvo pesadillas por la publicidad que colocaron en la estación del metro ubicada frente a su escuela.
—¡Exacto! —exclamó, animándose a sujetar a Elena por uno de sus hombros—. Y esas frases son cada vez peores. ¿Qué es eso de decir...:

«denuncia ahora, mañana podría ser demasiado tarde» —imitó, casi a la perfección, la voz masculina que solía dar las noticias en el turno nocturno—. La gente actúa como si no fueran humanos.

—Bueno…, en realidad no lo son.

—Claro, entiendo a lo que te refieres —coincidió Lineth—, pero yo hablo de las personas que recurren a denunciar a cualquiera solo por una sospecha.

—Creo que ese es el objetivo de la publicidad —exhaló Elena, antes de esforzarse para reducir el espacio entre ambas— el gobierno piensa que, si nos asustan, será más sencillo detectar a las personas que sí están mutando.

—Sigue siendo algo horrible.

—¿Tuviste a alguien en tu familia con el gen verdugo?

—¿Qué? ¡Oh, Dios no! No he tenido a nadie con eso en mi familia. Aunque, llegué a leer que eso no puede contagiarse.

—No, no se puede —aclaró Elena.

—Tus padres son genetistas, ¿cierto?

Recordó uno de los tantos rumores que se dieron en la escuela, poco después del ingreso oficial de Elena. Los chismes más sonados provenían de los mismos profesores. La profesora de inglés, por ejemplo, destacó, con gran orgullo, que el padre de la chica nueva era un doctor especializado en genética y que se encontraba en el país debido a un gran descubrimiento que tenía que ver con las personas mutadas. El profesor de matemáticas, por su parte, amplifica el alcance del chisme, al declarar que el progenitor de la alumna recién ingresada contaba con fuertes lazos diplomáticos establecidos con países que gozaban de una invidiable fuerza militar.

La profesora de informática, durante sus horas de clases, añadió unos detalles interesantes al chisme del docente anterior, aseverando que el famoso genetista compartiría los detalles de una nueva arma química para hacer frente a todas las personas afectadas por la mutación.
—Solo mi papá; mi mamá trabaja en la embajada, pero ella también ve casos relacionados con personas que han mutado —contestó, antes de esbozar una linda sonrisa que denotaba la llamativa belleza de sus pómulos.
Lineth bajó la mirada. Su corazón seguía latiendo acelerado, pero ahora se sentía mucho más relajada. A pesar de hablar de un tema como ese, se sentía en cierta forma aliviada. Todavía recordaba la fuerte discusión que sostuvo con su madre debido al tema de la mutación verdugo. Ya estaba harta de escucharla hablando acerca del castigo divino que recayó sobre todos los pecadores. Un impulso tonto la obligó a contestarle. Ese día le dijo que Dios no odiaba a las personas mutadas, sino que odiaba a las personas como ella, que tenían el descaro de alegrarse de ver cómo una madre enloquecía de la nada y terminaba comiéndose a sus hijos. La discusión se originó como consecuencia de una fatídica noticia. Una mujer en República Dominicana mutó en medio de una reunión escolar. El video del ataque fue borrado durante las primeras horas, pero Elena pudo verlo luego, por medio de páginas web no oficiales.
«Una vez que los subes a internet, nunca podrás sacarlo de ahí», rememoró las palabras de su profesora de informática. El lamentable suceso se dio en una escuela primaria. Cuando la grabación se inició, ya la policía había ejecutado las primeras detonaciones.

La sangre se esparció a lo largo de una pequeña cancha de fútbol. La mujer seguía viéndose normal, hasta que la grabación se enfocó en su cuello, revelando una boca deforme y alargada hasta el punto de alcanzar todo su cuello, junto con la parte inicial de su pecho. Tenía tenazas a ambos lados de la cabeza y se desplazaba como un animal. Las balas se escuchaban como perdigones impactando contra una puerta de metal.

«Los insectos son hijos del diablo», rememoró las duras palabras de su madre.

—¿Sigues aquí? —Elena chasqueó los dedos frente a su rostro.

—Lo lamento. Me distraje.

—Este tema te afecta mucho, ¿verdad?

—Mi madre es una de esas fanáticas religiosas.

—Oh, es una de esas idiotas.

Lineth no logró disimular su sonrisa. Era la primera vez que lograba congeniar con alguien lo suficiente como para discutir un tema tan controvertido.

—Ella piensa que se trata de un castigo divino.

—¿Y el castigo es para los mutados o para nosotros? —ironizó la hermosa extranjera.

—Eso es lo más absurdo —esbozó una sonrisa apagada— si el gobierno logra abatir a la persona mutada, entonces se trata de un pecador, pero si antes de ser abatido el mutado devora a alguien inocente, según mi madre, se trata de la voluntad divina que busca liberarnos de otro pecador.

—Discúlpame por lo que estoy a punto de decirte —sonrió—, tu madre es una idiota.

—Lo sé.

Las dos empezaron a reír a carcajadas. Una señora amargada y molesta las miró con desdén, antes de replegarse hacia otra posición en el interior colapsado vagón. La alarma anunció la llegada a una nueva estación, pero las chicas se hallaban demasiado entretenidas, así que no notaron que el vagón se llenó mucho más con el repentino ingreso de unos veinte pasajeros más.

—Puedes decirle a tu mamá que se quede tranquila —comentó Elena, al recuperarse del violento ataque de carcajadas.

—¿¡Por qué!? Los policías ya empezaron a usar balas bañadas en agua bendita —bromeó, imaginando el rostro alargado, tosco y aburrido de su madre al escuchar ese chiste de mal gusto sobre el agua bendita.

—No, bobita —susurró Elena, antes de darle unos rápidos golpecitos en el cuello a su amiga— la mutación del verdugo solo se desarrolla en el 5% de la población mundial. Eso quiere decir que quizá nunca en nuestras vidas podamos ver a alguien mutado. ¡Es cierto que ahora todo queda grabado! Pero no es lo mismo ver una grabación a estar en el mismo lugar con una de esas cosas.

—Tu padre te ha enseñado mucho de esto.

—Él quiere que siempre esté preparada para lo peor.

—Dime algo. —Lineth se preparó para preguntar aquello que más la atormentaba por las noches—. Ellos…, ¿aún son humanos?

—Es una pregunta complicada. —Elena se acercó más a ella—. No es posible estar cerca de ellos. ¿Escuchaste lo del prisionero Vladimir Ulrico? En la prisión de Rusia.

—Sé que no pudieron matarlo.

—Hasta el día de hoy, se considera a Vladimir Ulrico como el mutado más agresivo y fuerte en todo el mundo. —explicó la extranjera— el día que se transformó, asesinó a veintiocho compañeros de celda y dejó a otros cuarenta con heridas de gravedad. La milicia rusa tuvo que intervenir. Le arrojaron granadas incendiarias, pero no pudieron pararlo. Dicen que tiene unas tenazas afiladas brotando de su espalda deforme. Se vieron obligados a sellar la prisión. Cinco años después y aún no saben cómo matarlo.

—Ni estudiarlo —concluyó Lineth.

—Correcto. Puede que aún exista algo humano en ellos. Se han registrado casos de mutados que han logrado mantener la conciencia activa durante unos segundos, lo suficiente como para suicidarse —destacó Elena— es una decisión de unos pocos segundos; mi padre dice que son unos diez o quince segundos como máximo. A ese periodo lo llaman la ventana del caos. Ese es el tiempo que tiene el mutado para tomar su última decisión consciente. Unos pocos buscan un objeto muy afilado, y empleando la fuerza descomunal que empiezan a desarrollar en sus brazos, proceden a decapitarse ellos mismos.

—¿Y el resto? —La interrogante hizo sentir nerviosa a Lineth.

—No aprovechan ese tiempo —exhaló Elena— según mi padre, es un momento de terror absoluto. El instinto de supervivencia lucha contra el amor que sientes por tu familia.

—¿La familia?

—Cuando la mutación del verdugo afecta a alguien, el primer impulso es alimentarse.

—Se alimentan de lo que tienen más cerca. —Lineth ya lo sabía, pero nunca se preguntó por qué sucedía algo como eso—. Madres que devoran a sus hijos, hijos que devoran a sus padres.

—Por favor, dime que no estás citando a tu madre

—se rió la bella Elena.
—Tienes que admitir que suena como una frase bíblica.
—Querida, no he leído la biblia ni una sola vez en mi vida, y puedo asegurarte de que, en algún jodido versículo o en algún aburrido capítulo, definitivamente habrá alguien diciéndote que es un pecado tirarse un pedo.
A medida que la conversación proseguía, ambas chicas fueron entablando las bases de una sólida confianza. A pesar de que el tema de los mutados era el principal interés de Lineth, rápidamente fueron descartando sus quejas acerca de las duras políticas estatales para lidiar con los mutados, para enfocarse en temas más banales. Así fue como Lineth descubrió el gusto por el maquillaje que tenía Elena, mientras que esta descubrió el interés de su amiga por la medicina. Las dos compartían un desprecio mutuo por las clases de educación física, aunque esto también las llevó a admitir que al menos esas dos horas de clase facilitaban la posibilidad de entretenerse la vista con las curiosidades de la anatomía humana. Ninguna de las dos admitió el interés por mirar a otras chicas, aunque ya parecía algo implícito. Una de las bancas cercanas a una ventana amplia que daba acceso a la oscuridad del túnel quedó libre durante algunos segundos.
—¡Los segundos del caos, Lineth! —advirtió Elena entre risas.

La regordeta adolescente captó la inesperada advertencia de su amiga. Lineth ocupó el asiento enseguida, aprovechando que era una de las más cercanas. Un hombre con traje de oficinista se apresuró a ocupar el espacio cercano a la habilidosa estudiante, pero esta fue mucho más rápida, colocando su mochila en el sitio vacío para luego cederle el asiento a su compañera. El vagón avanzaba más lento de lo normal, pero ahora ellas estaban sentadas y felices, por lo que no prestaron atención a las quejas de los pasajeros que apresuraban al conductor.

Aprovecharon los siguientes minutos para hablar acerca del futuro, pero más concretamente de sus temores. Elena se sentía perdida cada vez que su padre, el renombrado genetista, discutía con ella acerca de las prestigiosas facultades de medicina, siempre animándola a elegir aquella que contara con las especializaciones más avanzadas en el complejo mundo médico. Por otra parte, su madre, la reconocida diplomática, no dudaba en guiar las decisiones de su hija hacia el prometedor campo de las ciencias diplomáticas. «A veces siento que me ven como un clon de ellos y no como su hija». Elena suspiró, sin dejar de mirar a su nueva amiga.

—El maquillaje es una rama impresionante de las ciencias de la belleza.

—Eso lo dices porque eres mi amiga y me quieres —destacó Elena.

—No tengo dudas de que serás una de las mejores maquillistas.

—Mi padre habría matado por tener una hija como tú.

—Estás exagerando.

—Lo digo en serio —se rió— tienes el promedio más alto de la clase. Eres un genio.

—Desde pequeña aprendí a refugiarme en los libros. —Lineth recordó a su primer amor no correspondido.

—Refugiarme en el estudio no es lo mío.

—Tenía a alguien que solía pensar lo mismo.

—¿Novio o…?

—Una amiga —se apresuró a contestar.
—¿Solo amiga? —cuestionó Elena, mirándola con ternura.
—No tuve la oportunidad de decirle lo que en realidad sentía.
—Eso es lo peor —adicionó Elena— cuando te rechazan al menos tienes la manera de afrontarlo, pero cuando no dices nada, bueno…, simplemente no sucede nada. Todas las posibilidades se ven reducidas a cero.
—Así es la vida. No sirve de nada quejarnos de eso.
—¿Qué sucedió con ella?
—Se fue del país.
—¡Vaya! Fue serio.
—Sucedió hace un par de años —explicó, manteniendo la mirada perdida— se llama Luisa, y su familia contaba con lazos fuertes con el gobierno de ese momento.
—¿Por qué tuvo que irse? —Elena ya se imaginaba la respuesta.
—Su hermano mayor mutó.
El vagón hizo un extraño traqueteó antes de detenerse por completo. Los ánimos se caldearon entre los pasajeros, muchos ya empezaban a insultar al conductor. A pesar de la opresiva oscuridad del túnel que recorrían, más adelante, se vislumbraban las fuertes luces blancas de la siguiente estación. *«¿Una parada de emergencia?».*

Varios reclamos procedentes de la multitud de pasajeros molestos parecían corroborar esa hipótesis. El aire acondicionado seguía funcionando, pero en los vagones más alejados ya se experimentaba un drástico cambio en la temperatura del ambiente. Las bocinas del metro se accionaron. La voz mecánica se activó. Ninguno de los pasajeros com-

prendió el mensaje. La interferencia y el poco mantenimiento que recibían esas bocinas impidió que el enardecido público comprendiera los verdaderos motivos de esa inesperada falla. Algunas personas optaron por iniciar una lenta marcha hacia los vagones delanteros, asumiendo que, al hallarse tan cerca de la siguiente estación, quizá, fuera posible bajarse empleando las entradas ubicadas en los primeros dos vagones que lograron llegar a los andenes.
—¿Y qué sucedió? —Elena la tomó de la mano.
La chica nueva estaba más interesada en escuchar la historia de Lineth que en los raros desperfectos de un viejo tren. La regordeta estudiante se mantuvo unos momentos observando el raro contraste de la mano de Elena sobre la suya. La piel pálida y tersa de una hermosa jovencita, tan cerca de la piel rústica y quemada de una chica perfectamente común. Lineth movió con cautela uno de sus dedos para captar parte del calor acogedor que emanaba de esa piel tan clara y suave. No se apresuró. No quería asustarla. Luego de un rato, comprendió que Elena no retiraría su mano. Las dos parecían comunicarse de dos formas distintas, primero a través de las palabras, y luego, por medio del tacto.
—Sucedió eso que me contaste antes. La ventana del caos.
—¿Su hermano se suicidó?
—La transformación se dio mientras todos dormían.
—Tu amiga tuvo mucha suerte.
—Luisa no se sentía para nada afortunada —señaló Lineth— me dijo que su hermano se arrastró por toda la casa. Él buscaba una forma de…
—Intentaba decapitarse. —Elena completó la frase—. No todos pueden hacerlo. El debió luchar con

todas sus fuerzas, porque sabía que, si no lo hacía, toda su familia pagaría las consecuencias.

—Luisa lo encontró en el sótano de la casa. Él usó una especie de cuchillo de cocina para cortarse el cuello, pero no funcionó, al menos no al principio.

—La mutación empieza en el cerebro —explicó Elena—, pero no tarda más de unos pocos segundos en extenderse a la piel. Los brazos se recubren por una sustancia cristalina que endurece los tejidos blandos. Ni las balas pueden perforar ese recubrimiento.

—Cuando Luisa lo descubrió, tenía el torso invadido por seis alargadas patas negras, similares a las de un escarabajo gigante, que brotaban de sus costados. Ya no tenía ojos. Unos apéndices que parecían antenas perforaron sus orificios oculares —narró Lineth, recordando las lágrimas de su amiga— no sabían en dónde empezaba su boca ni en dónde terminaba; a la llegada de los forenses, se procedió a colocar a toda la familia en cuarentena.

—Pobre chica. Lo de la cuarentena es un error descomunal.

—Los padres de Luisa no solo perdieron un hijo, luego perdieron sus trabajos, y poco después, la mayoría de sus negocios.

—Tuvieron que dejar el país —concluyó Elena.

—Luisa quería olvidarlo todo. Empezar de cero en un nuevo lugar.

—No puedo culparla. No creo que nadie pueda hacerlo.

—Conocí a su hermano mayor —admitió Lineth.

—Mi padre me dijo que no hay forma de anticiparse a eso.

—Parecía un tipo perfectamente normal.

—Porque lo era —aclaró Elena— él simplemente mutó.
—Es tan injusto.
—Solo el 5% de las personas lo tiene —insistió Elena.
—Sí, pero cuando se transforman, suelen llevarse a muchas más personas con ellos.
—Las probabilidades de encontrarse con uno de ellos son de menos de un 2%.
—Supongo que solo basta con tener un muy mal día. —Lineth se forzó a sonreír.
—Creo que debemos ir a una heladería. —La chica nueva luchó por cambiar el tema.
—¿Qué dices? —preguntó asombrada, aunque sin perder la sonrisa.
—Los inicios son importantes.
—Te refieres a todo esto.
—Exacto. Siento que esta amistad irá por un muy buen camino, y no quiero recordar que esto empezó en el interior de un vagón defectuoso.
—Tienes razón. La heladería es una buena opción.

Una fuerte alarma llamó la atención de los pasajeros. Muchos entraron en pánico al escucharlo. No se trataba de la clásica alarma de emergencia, era un pitido largo que parecía ser el indicativo de algo diferente. Las bocinas se accionaron de nuevo. La voz automática gestionó un nuevo intento por transmitir el comunicado, pero fue en vano. Unas pocas personas, quizá alertados por la confusa situación, aceleraron el paso para trasladarse hacia los vagones delanteros. La voz mecánica se distorsionó de nuevo, como si alguien al otro lado de la bocina se esforzara por transmitir un importante comunicado. Elena se incorporó al comprender que algo no marchaba bien.

La chica no liberó la mano de Lineth en ningún momento. Ambas empezaron la tortuosa marcha hacia los vagones delanteros. La confundida Lineth se apresuró a tomar ambas mochilas, la suya y la de su compañera, ya que ella avanzó sin importarle las pertenencias que dejaba atrás.
—Suelta eso. Es probable que tengamos que correr.
—¡¿Qué?! —Lineth ahora estaba mucho más nerviosa.

Las chicas pasaron por en medio de varios grupos de pasajeros, los mismos que seguían ensimismados en sus equipos telefónicos, pero no eran las únicas que avanzaban de manera apresurada. Una mujer pelirroja, que viajaba con dos niños pequeños, avanzaba muy cerca de ellas. Un anciano con un bastón plateado luchaba por abrirse paso en medio de dos mujeres muy obesas. Las quejas fueron incrementando. Los pasajeros, ahora intentaban forzar las puertas laterales, pensando que sería más sencillo alcanzar la estación si usaban el mismo túnel. Un grito desgarrador hizo que los murmullos y reclamos cesaran por completo. Eran aproximadamente doce vagones, repletos al máximo, pero no se escuchaba nada. Los pasajeros miraron hacia el fondo, dejándose guiar por la fuente del horrible grito. Las bocinas resonaron de nuevo, pero el mensaje seguía siendo indescifrable. Una voz humana tomó el control del dispositivo. Todos aguardaban inmóviles por el mensaje, todos menos las dos chicas que seguían caminando entre los viajantes asustados. Elena se aseguró de no soltar la mano de su acompañante y, sobre todo, se aseguró de no disminuir la marcha.
—Señores pasajeros —anunció una voz masculina— necesitamos que mantengan la calma.

Todos deben moverse hacia los primeros vagones. La salida estará abierta para facilitar el ingreso a la estación.
La voz mecánica interrumpió al empleado. El mensaje ahora era mucho más claro.
—¡Riesgo biológico detectado!
—¡¿Qué?! —vociferó uno de los pasajeros.
—Vayan hacia los primeros vagones.
—¡Riesgo biológico detectado! —insistió la voz mecánica.
Más personas, en los últimos vagones empezaron a gritar.
—Por favor, deben mantener la calma.
—¡Mutación detectada en los vagones número doce y once! —advirtió la molesta voz automática.
El caos se apoderó del lugar.

Las chispas saltaron al final del tren. Un rugido inhumano se extendió a lo largo de los vagones. El pasajero mutado avanzó a cuatro patas, justo como un animal enloquecido. Aun desde los vagones más alejados, resultaba sencillo observar las horripilantes alas insectiles que proferían un sonido dantesco cada vez que su dueño luchaba por alzar el vuelo en aquel espacio comprimido.

El caos llevó a que los pasajeros treparan unos sobre otros. En medio de la marejada humana Lineth y Elena casi fueron separadas, pero las chicas lucharon por mantenerse tomadas de las manos. Una mujer cercana a ellas perdió el equilibrio. La ingenua Lineth trató de ayudarla, pero Elena la alejó justo cuando una marejada humana pasó por encima de la desafortunada pasajera. El sudor, las lágrimas, el miedo y muy pronto la sangre, inundaron el reducido espacio perteneciente al quinto vagón. Un señor obeso falleció a unos pocos centímetros de

Elena, asfixiado bajo las toneladas de personas que luchaban por abrir una de las puertas laterales dentro del quinto vagón. La habilidosa extranjera se aferró a su asustada compañera y enseguida la instó a acuclillarse. Juntas lograron arrastrarse por debajo de uno de los asientos laterales. Las barras de transporte fijadas a lo largo de los vagones impidieron que los enloquecidos pies de la multitud las afectaran. Otras personas tuvieron la misma idea, pero ahora resultaba complicado respirar entre la interminable marea de ropa y carne. Las dos chicas se abrazaron bajo el asiento. Lineth miraba a la valiente y hermosa extranjera, mientras que esta se mantenía con una mirada concentrada en el flujo de caóticos pasajeros, esperando por el momento propicio para dejar la seguridad del inesperado escondite.

El mutado rugió de nuevo.

Un chorro de sangre salió expulsado hacia el techo.

La sangre manchó la pequeña televisión de anuncios empotrada en la parte alta. Un hombre con la mirada perdida cayó al suelo, muy cerca del escondite de las estudiantes. Los pasajeros lo pisaron, pero este ya no reaccionaba. Elena descubrió que estaba muerto al ver la horripilante herida abierta que le desgarró la mayor parte de la espalda. Las ventanas estallaron, y algunas personas se arrojaron hacia el oscuro túnel. Alguien gritó y justo después su voz se vio invadida por un gorgoteo asqueroso, similar al ruido producido por alguien al ahogarse. El metal del vagón chirrió, como si lo cortaran con el alargado filo de una espada gigante. Más sangre se derramó en el pasillo. Otra ventana estalló. La extranjera vio que los zapatos iban y venían, como si sus dueños lucharan por esquivar a algo que se mantenía adherido al techo.

El mutado rugió una vez más.

Alguien que llevaba un arma disparó, logrando que el mutado se enfocara en el nuevo atacante. La hermosa estudiante reconoció su oportunidad. Salió de debajo del asiento, sin soltar a su amiga. El piso estaba sembrado de cadáveres, mutilados de todas las formas posibles. Las chicas se vieron obligadas a arrastrarse por el suelo ensangrentado. Algunos pasajeros seguían con vida, pero heridos de forma mortal. Uno de ellos hacía un esfuerzo inútil por mantener las vísceras en el interior de su vientre abierto por un corte que empezaba en la parte alta de su hombro izquierdo y llegaba hasta la parte superior de su muslo derecho. Las estudiantes se levantaron y detectaron la salida hacia el túnel oscuro por medio de una ventana rota de la cual aún colgaban algunos cadáveres.

El mutado rugió enloquecido, y Lineth pudo ver el rostro retorcido de su madre, unido al cuerpo deforme de una bestia que parecía la amalgama de un mamífero y un insecto. La criatura tenía las alas, y las seis negras, alargadas y filosas patas colocadas al revés, como si su propia anatomía fuera incapaz de seguir las leyes biológicas de un organismo vivo y funcional. El cuerpo de la madre de Lineth lucía como la repulsiva carcasa de un enorme insecto. Su torso estaba completo en su mayor parte, pero sus brazos terminaron adheridos a sus hombros, adoptando la posición funeraria de una momia. La mutación que mató a la mayoría de los pasajeros emergía del vientre bajo de la desafortunada mujer, igual que un insecto que luchaba por liberarse de un viejo exoesqueleto.

Lineth gritó. La mutación la ignoró y siguió devorando el cuerpo del tirador. Elena se aferró a

Elena se aferró a su amiga y juntas abandonaron el vagón, adentrándose en la oscuridad del túnel, siguiendo las luces de la estación y encontrándose con los pocos sobrevivientes del fatídico ataque perpetrado por un mutante no detectado a tiempo.

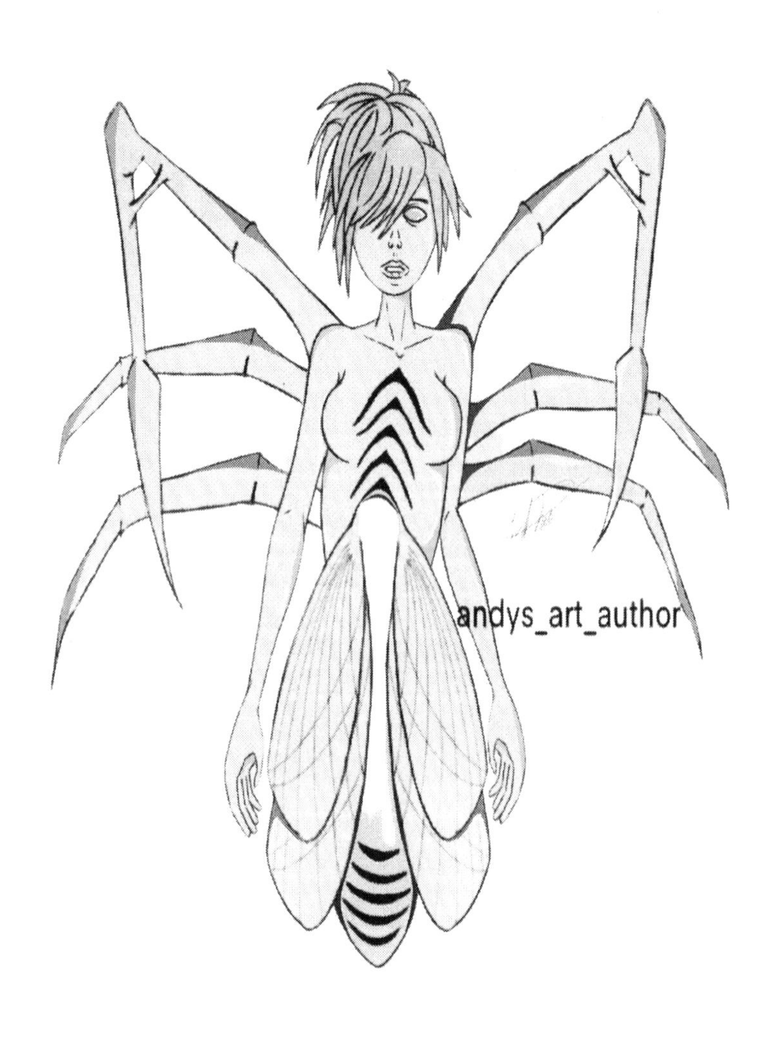

Made in the USA
Columbia, SC
20 June 2023